Die Autorin

Elke Heidenreich, geboren 1943, verbrachte ihre Jugend im Ruhrgebiet. Ihr Studium der Germanistik, Theaterwissenschaft und Publizistik absolvierte sie in München, Hamburg und Berlin.
Seit 1970 arbeitet Elke Heidenreich als freie Autorin und Moderatorin für Funk, TV und verschiedene Zeitungen. Zusammen mit Bernd Schroeder, mit dem sie auch etliche gemeinsame Medien-Projekte verwirklicht hat, lebt sie in Köln.
Bekannt wurde Elke Heidenreich einem breiteren Publikum vor allem durch die seit mehr als zehn Jahren im Hörfunk ausgestrahlten Monologe der Metzgersfrau Else Stratmann (rororo Nr. 5462, 5660 und 5829) sowie durch ihre Tätigkeit als Moderatorin in der Talkshow «Kölner Treff», wo sie Anfang der achtziger Jahre als Nachfolgerin von Alfred Biolek durch ihre spontane Gesprächsführung ein Millionenpublikum begeisterte.
Wichtigste Arbeiten: Hörspiele: Die Geburtstage der Gaby Hambacher (mit Schroeder), Bayer. Rundfunk 1971; Alle sind an allem schuld, Bayer. Rundfunk 1972; Kein trautes Heim, Hörspielserie mit bisher 25 Folgen, SWF 1984/85. Film: Gefundenes Fressen (mit Schroeder), Sentana Film, München 1975. Fernsehen: Nestwärme (mit Schroeder), ZDF 1973; Die Herausforderung/Rest des Lebens (mit Schroeder), SWF 1975; Verführungen, SFB 1978/79; Freundinnen, Serie mit sieben Filmen, SWF 1980 (dafür erhielt Elke Heidenreich den Wilhelmine-Lübke-Preis); Unternehmen Arche Noah, Saarl. Rundfunk 1983; Kein schöner Land, sechsteilige TV-Serie, WDR 1984/85 (mit Schroeder), auch als rororo Nr. 5962 erschienen. Seit Mitte 1985 gehört Elke Heidenreich als Moderatorin zum Team der SFB-Talkshow «Leute».

Elke Heidenreich

Dreifacher Rittberger

Eine Familienserie

rororo

Rowohlt

Originalausgabe
Veröffentlicht im Rowohlt Taschenbuch Verlag GmbH,
Reinbek bei Hamburg, Dezember 1987

Umschlaggestaltung Sebastian Raulf
Foto Bayerischer Rundfunk/Erika Hauri (Tamara Schanzara/Oma,
Maria-Grazia Kinsky/Lore, Roswitha Wolf/Betty)
Titelschrift Erich Schöne
Satz Times (Linotron 202)
Gesamtherstellung Clausen & Bosse, Leck
Printed in Germany
780-ISBN 3 499 12389 4

Wann ist eine Familie überhaupt eine Familie?

Bernd Schroeder, Regisseur, über «Dreifacher Rittberger»

Drei Frauen in einem Haus.
Dreifrauenhaus.
«Dreifacher Rittberger», witzeln die Leute.
«Wir können diesen Witz nicht mehr hören», sagen die Rittbergers.
Ein naheliegender Titel also.

«Ist Ihre Serie eine Familienserie?» werden Autoren gefragt. Was ist das, eine Familienserie? Ist eine Serie, in der eine Familie vorkommt, eine Familienserie? Oder ist eine Serie, die die ganze Familie anschauen kann, eine Familienserie? Und wann, das fragen sich Autoren, wann ist eine Familie überhaupt eine Familie?

Die Rittbergers – um die geht es hier – würden von sich sehr wohl sagen, daß sie eine Familie sind, bestehend aus: Oma Martha Rittberger, Mitte Sechzig; Omas Tochter Lore Rittberger, Mitte Dreißig; und Omas sechzehnjähriger Enkelin Betty Rittberger.

Daß diese drei Frauen ohne Mann in einem Haus leben, das hat das Schicksal so gewollt. Opa, «den alten Langweiler» (Oma), holte der Herr schon vor Jahren zu sich. Bettys Vater Horst, «dieser Unfall» (Lore), lebt jetzt mit einem Mann zusammen. Und zu ihrem Freund Roberto darf Betty natürlich noch nicht ziehen, obwohl sie mit dieser Möglichkeit Mutter und Oma gegenüber schon heftig kokettiert.

Oma liebt Operetten, Klatsch, Buttercremetorten und – zumindest äußerliche – Ordnung. Lore, Übersetzerin «aus lauter ausländischen Sprachen», findet es wichtiger, Bücher zu lesen als abzustauben. Männern traut sie gerade noch eine Nacht lang, und wegen ihrer «klebrigen Dichter» (Betty) gibt es viel Aufregung im Hause

Rittberger, denn Betty muß dann immer das Bad putzen. Betty liebt Ordnung und schicke Klamotten. Die Schlampe Lore findet ihre Tochter spießig.

Oma stammt aus dem Ruhrgebiet. So spricht sie auch. Als sie den Opa heiratete, zog sie mit ihm nach Bonn, wo er Fahrer bei einem Politiker war. In Bonn ist Lore geboren und aufgewachsen. So spricht sie auch. Als Lore dann das Kind hatte, «nach dieser Panne mit Horst», zog man nach Bayern, dort ist Betty aufgewachsen – so spricht sie auch. Nach Opas Tod verkaufte Oma das Bonner Reihenhaus und erstand dafür das Haus bei München – die «Familie» Rittberger ist wieder komplett. Drei Frauen, drei Generationen, drei Sprachfärbungen, dreifacher Konfliktstoff, dreifaches Schicksal – DREIFACHER RITTBERGER.

In jede der fünf Geschichten ist ein Mann verwickelt, mal löst er sie aus, mal wird er hineingezogen, benützt. Nie aber hat dieser Mann auch nur annähernd die Chance, uns glauben zu lassen, diese drei Rittbergers kämen nicht absolut alleine klar. Und wenn ein «dreifacher Rittberger» im Eiskunstlauf ein schwieriger, eleganter Sprung ist, dann ist die Assoziation dazu nicht falsch. Denn unsere Rittbergers unterscheiden sich vom echten Leben etwa so wie ein Eiskunstläufer vom normalen Fußgänger. Aber sind wir nicht auch so? Nein, so sind wir doch nicht! Oder?

Folge 1

Hier spricht dein Vater

Wohnzimmer Lore **Innen/Nacht**

Lore *schlurft hin und her und deckt mit Kerzen, Kuchen, Blumen einen Geburtstagstisch. Im Radio singt Hannes Wader die «Hafenmelodie»,* Lore *singt den Refrain laut und schräg jedesmal mit.*

Lore:
Diese Melodie ist alt,
die in wechselnder Gestalt
immer wieder neu entsteht,
wenn es um Menschenrechte geht,
ihr versteht –
das ist diiiie Melodiiiie von der Solidarität!

Treppe zu Omas Wohnung — Innen/Nacht

OMA, *feingemacht, mit einer riesigen Buttercremetorte, strahlend, kommt die Treppe herauf, man hört* LORES *Gesang.*

Flur Lore **Innen/Nacht**

Oben an der Treppe tritt OMA *aus einer Tür und prallt mit* BETTY *zusammen, die gerade zur Haustür hereinstürmt.*

OMA:
Hu! Hilfe! Paß auf! Ich binnet!

BETTY:
Hast du schon wieder so 'ne fettige Torte gebacken, ey?

OMA:
Datt is 'ne leckere Buttercremetorte.

BETTY:
Kein Stück, das sag ich dir.

OMA:
Ha, watt bist du undankbar. Die Kinder in Indien wären froh, wennse sonne Omma hätten und sonne Buttercremetorte.

BETTY:
Dann werd halt Oma in Indien.

OMA *ist die letzten Stufen hochbalanciert, schreitet entschlossen aufs Wohnzimmer zu.*

OMA:
Ein Geburtstag ohne Buttercremetorte, datt gibtet nich, jedenfalls nich, solange wie ich noch leb.

Sie öffnet die Wohnzimmertür.

Immer noch Lores *fataler Gesang.*

Oma:
Bisse am Singen, Lorchen?

Lore:
Nein, ich tu nur so. Jetzt sag bloß, du hast wieder eine von deinen grauenhaften Torten gebacken?

Oma:
Hast du jemals, hast du je in deinem Leben, hast du schon ein einziges Mal einen Geburtstag erlebt, wo ich nich 'ne schöne leckere dicke fette Buttercremetorte gebacken hätte?

Lore:
Nein, leider noch nie. Deshalb hab ich auch so einen dikken Hintern, und Betty kriegt allmählich denselben.

Betty *kommt rein, hat die letzten Worte gehört.*

Betty:
Eh ich deinen Hintern krieg, bring ich mich um.

Oma *setzt die Torte auf den Tisch.* Lore *rennt zwischen Küche und Wohnzimmer durch eine Schwingtür hin und her. Sie gibt der Schwingtür jedesmal mit dem Fuß einen Tritt.*

Lore:
Dann fang schon mal damit an, liebste Betty.

Oma:
Mir ist doch ganz egal, watt ihr alle redet, ist sowieso bloß Kokolores. Die Torte wird gegessen und fertig aus.

Betty *nimmt sich einen Apfel, beißt rein.* Oma *mustert Lore.*

Watt fürn Fähnchen hasse denn da mal wieder an?

Lore:
Jaja, ich weiß, ein nettes Kostüm mit Bubikrägelchen würde mir viel besser stehen, und ich muß endlich mal mehr aus mir machen.

OMA:
Wennzet weißt, dann kauf dir doch endlich mal 'n nettes Kostüm mit Bubikrägelchen, ich tu auch watt dabei.

LORE *hat den letzten Teil des Satzes – «ich tu auch watt dabei» – völlig synchron mitgesprochen.*

BETTY:
Ist das Paket da von Pappa?

LORE:
Ja. Daß der an deinen Geburtstag denkt!

BETTY:
Hat er noch jedes Jahr.

LORE:
Aber er schreibt wieder Elisabeth Hecker statt Rittberger. Das kann er wohl nicht verknusen, daß wir seinen heiligen Namen abgelegt haben.

OMA:
Elisabeth fände ich ja viel schöner als Betty. Sollen wir nicht mal Elisabeth für se sagen?

BETTY:
Sonst noch was. Rittberger ist schon elend lang zu schreiben, das reicht mir gerade.

LORE:
Andere Frauen in meinem scheidungsreifen Alter haben alle Doppelnamen, da hieße ich jetzt Hannelore Edeltraut Hecker-Rittberger, das wär doch was.

OMA:
Dein Rock zippelt hinten. Und ich hätte besser gefunden, wenn das Kind den Namen vom Vater behalten hätte. Neulich hat mich Frau Jungblut noch gefragt, ob es unehelich ist.

LORE *zupft an ihrem Rock, krempelt ihn einmal um.*

LORE:
Na und? War sie doch fast. Zufrieden?

OMA:
Nein. So isses schlampig.

Sie seufzt.

Du bist immer schlampig, und ich bin so adrett. Von mir hasse datt nich. Datt hasse vom Oppa, dem ollen Langweiler.

LORE:
Die Töchter kommen eben immer nach dem Vater, ich hoffe bloß, Betty ist da mal eine Ausnahme.

BETTY:
Was ihr bloß immer an dem rumsülzen müßt, ich find den ganz okay.

LORE:
Ach komm, du kennst den doch kaum.

BETTY *hat das Päckchen ausgepackt, zieht eine Videokassette raus.*

BETTY:
Hey, 'ne Kassette.

LORE *kreischt auf.*

LORE:
Das ist typisch für den, typisch! Zu Weihnachten seinen gebrauchten Video, den er loswerden will, und jetzt für achtzehn Mark vom Aldi 'ne Kassette, ich werd nicht mehr.

OMA:
Dreizehnfünfundachtzig im Angebot.

LORE:
So ein dämlicher alter Geizkragen.

OMA:
Und sonst? Kein Geld, kein Brief? Als Vater?

BETTY:
Nö. Bloß 'ne Kassette. Komisch.

Sie geht zum Videorecorder, schiebt die Kassette ein, sucht den Kanal.

LORE:
Sicher hat er dir Volksmusik mit Carolin Reiber aufgenommen. So was gefällt dem doch.

OMA:
Ich wär sehr froh, wenn du auch mal so nett gekämmt wärst und angezogen wie Carolin Reiber, liebe Lore.

LORE *hat endlich Streichhölzer gefunden und zündet die Kerzen an.*

LORE *(gießt Kaffee ein)*:
«Kann auch ein Mensch des andern auf der Erde ganz, wie er möchte, sein? In langer Nacht bedacht ich's mir und mußte sagen: Nein!» Pech gehabt, Mutter.

OMA:
Du immer mit deine Dichter, geh weg. Der Kaffee riecht aber gut.

LORE:
Ist auch ein guter, weil ich nicht immer bloß die Billigangebote kauf, wie du.

OMA:
Wenn ich nicht ein Leben lang geschrappt und gespart hätte, würdest du mal gar nix erben.

LORE:
Ich will nix erben von dir. Gib du deine paar Kröten lieber aus und sei nicht so geizig. Wenn du mir was hinterläßt, das vermach ich alles der Kirche.

OMA *schreit auf.*

OMA:
Dann dreh ich mich noch im Grab um!

BETTY:
Vererb's mir, Oma. Der Roberto und ich, wir können das brauchen.

Auf dem Videobild hat man inzwischen seltsame verschwommene Bilder gesehen: einen gelben Pullover, dann einen Mann, kaum zu erkennen, dann wieder seinen dicken Bauch im gelben Pullover, groß eine Nase, ein Grinsen, jemand von hinten usw. Alle Variationen ungeschickten Selbstfilmens. Jetzt ertönt zum erstenmal die Stimme des Mannes, es ist Horst.

HORST:
Moment.

OMA:
Der Horst! Wie kommt denn der ins Fernsehen?

BETTY:
Genau wie dein Franz Alt. Macht sich klein und kriecht rein.

LORE:
Ich werd nicht mehr – der hat sich selbst gefilmt! Der schreckt ja wohl vor nichts zurück.

HORST:
Ist es jetzt gut? Soll ich anfangen?

BETTY:
Na los doch.

MÄNNERSTIMME:
Ja. Und wackel nicht so.

HORST *stellt sich in Positur, man sieht ihn vom Kinn an abwärts – man sieht ihn übrigens so gut wie nie klar und ganz, immer Teilstücke, immer verwackelt oder verschwommen, oder wenn es mal klar ist, steht vorne groß eine Vase mit Nelken und Zittergras vorm Gesicht.*

HORST:
Dann fang ich jetzt an, ja?

MÄNNERSTIMME:
Ja. Und stillstehen.

HORST *(neckisch)*:
Stillgestanden! Eins zwei drei. Rührt euch. Liebe Betty. Äh – Steven, ist das vorher jetzt auch alles drauf?

MÄNNERSTIMME:
Ja.

HORST:
Dann laß uns doch noch mal richtig anfangen.

Er kommt nach vorne, groß der gelbe Pullover, alles verschwimmt.

OMA *(flüstert)*:
Wer ist denn Steven? Der von den Cärringtons?

LORE:
Woher soll ich denn das wissen, und flüstern mußt du auch nicht. Komm, setz dich.

LORE *und* OMA *setzen sich an den Tisch, starren gebannt den Fernseher an.* BETTY *läßt sich, den Apfel zwischen die Zähne geklemmt, davor auf dem Teppich nieder.*

OMA:
Warum wackelt datt denn alles so?

BETTY:
Weil die zu doof sind, die Kamera richtig draufzuhalten.

HORST:
Steven, halt doch mal die Kamera richtig.

OMA:
Huch, der hört uns!

LORE:
Der Horst konnte 'ne Tiefkühltruhe nicht vom Fahrrad unterscheiden, wie will der wissen, wie man eine Kamera irgendwo draufhält.

OMA:
Datt macht doch dieser Steven. Wer ist denn bloß Steven?

LORE *(leise, zu Oma)*:
Na, wer wird Steven schon sein? Horst hatte doch immer –

Sie macht so eine comme ci, comme ça-Handbewegung. Oma seufzt.

OMA:
Und so einer macht dir ein Kind.

BETTY:
Na und? Jetzt ist er eben mal schwul.

LORE:
Von mir aus. Ich will ihn ja nicht zurückhaben!

BETTY:
Wenn ihr jetzt endlich mal zu labern aufhört, dann hör ich auch, was der sagt.

Der gelbe Pullover steht wieder hinter den Nelken, räuspert sich.

HORST:
Hm. Also, Betty, hier spricht dein Vater.
Hm.
Horst Rudolf Hecker.

BETTY:
Tag, Pappa.

MÄNNERSTIMME:
Genannt Hotti.

Sie lachen beide, HORST *nimmt sich zusammen.*

HORST:
Hör doch auf, Steven, sonst muß ich lachen. Das ist schon komisch genug.

LORE:
Wahn-sin-nig komisch.

OMA:
Wenn ich bloß wüßte, wer dieser Steven ist. Müßte ich den kennen?

Horst:
Betty, du hast Geburtstag, und da hab ich mir diese tolle Überraschung ausgedacht. Toll, nicht?

Betty *(trocken, kauend)* / Oma:
Toll.

Horst:
Also – ich – bin ich gut im Bild?

Lore:
Aber ja. Wie ein Gott.

Männerstimme:
Ja doch.

Horst:
Ich hätte was anderes anziehen sollen. Der gelbe Pullover ist zu knallig mit den Nelken, oder? Das beißt sich doch, das!

Oma:
Sowatt überlegt man sich doch vorher.

Männerstimme:
Dann tu ich die Nelken eben weg.

Groß eine Hand im Bild, die die Blumen nimmt. Oma juchzt auf.

Oma:
Da! Datt muß dieser Steven gewesen sein!

Lore:
Der Kaffee wird kalt.

Betty:
Bis der mal zur Sache kommt, ey. Was ziehn die da bloß ab, so blöd kann man sich doch gar nicht anstellen?

Lore:
Der schon.

Oma:
Also, nun wollen wir mal gerecht sein, Horst ist es ja gar nicht. Es ist ja dieser Steven. Der wackelt dauernd.

Seufzt leise.

Und wenn ich hundert Jahre alt werde, datt mit dieser Männerliebe, datt werd ich nie verstehen. Und wo er doch Bettys Vater ist!

LORE:
Ein Unfall.

BETTY *dreht sich um, will was sagen.* LORE, *rasch:*

Nicht du. Ich – äh –

BETTY:
Soll ich's anlassen, oder was?

LORE:
Ja, aber komm, setz dich her, daß wir anfangen können.

BETTY:
Ich eß diese Torte nicht, ey. Also, dieser gelbe Pullover! Total schrill.

OMA:
Och, sei donnich so fies, komm, Kind, eß, hab ich doch extra für dich gebacken.

HORST:
Nein, ich zieh was anderes an. Halt mal die Kamera an.

MÄNNERSTIMME:
Och, Hotti! Nun mach doch mal weiter, das ist doch jetzt schon der fünfte Versuch, so werden wir ja nie fertig.

OMA:
Seit wann heißt der Hotti?

LORE:
Seit Steven.

BETTY *kommt an den Tisch, läßt den Blick nicht vom Video.*

HORST:
Nein, ich will was anderes anziehen.

Groß der gelbe Bauch, eine Hand, flimmern, schwarz.

OMA:
Aus. Datt war aber mal 'n spannender Film.

BETTY:
Geht gleich weiter.

OMA *teilt Buttercremetorte aus, Lore Kaffee. Betty kaut ihren Apfel.*

Ich will keinen Kaffee. Seit wann will ich Kaffee. Ist das wieder so 'n Abo-Kaffee aus Nicaragua?

LORE:
Nee, vom Aldi. Komm, trink, sonst kriegst du die Torte nicht runter.

OMA:
Also, ich racker mich ab und renn und mach und tu, ich kauf ein und schlepp das alles her, ich back und mach schöne Verzierungen drauf – die schönen Verzierungen habt ihr überhaupt noch nicht gesehen – da! Und für watt? Für die Katz. Ich versteh euch einfach nicht.

LORE:
Mutter, wir mögen eben keine Buttercremetorte. Wir mochten die noch nie.

OMA:
Sowatt versteh ich einfach nicht. Ich versteh's nicht.

BETTY:
Da – die schlagen wieder zu.

HORST *jetzt in Pepitajacke hinter den Nelken. Gekämmt. Man sieht ihn einen Moment ganz, dann wieder schief, halb, durchgeschnitten, verwackelt.*

HORST:
Liebe Betty, hier spricht dein Vater. Hier spricht Horst Rudolf Hecker, dein Vater.

OMA *(kaut Torte)*:
Hotti.

HORST:
Zuerst mal aller-allerherzlichste Glückwünsche zu deinem Geburtstag –

BETTY:
Danke. Angekommen.

Ganz groß im Bild: ein Kußmündchen.

LORE *(angewidert)*:
O Gott, nein.

OMA *küßt kokett zurück.* BETTY *ist teilnahmslos.*

HORST:
Du siehst, dein Pappi vergißt deinen Geburtstag nicht. Deine Mutter hat bestimmt schon wieder gewettet, daß ich deinen Geburtstag vergesse –

Er droht schelmisch, bildfüllend mit einem großen Zeigefinger.

Nein, nein! Nicht doch. Ich bin überhaupt nicht so, wie sie es dir immer erzählt.

LORE:
Woher willst du wissen, was ich erzähle.

HORST:
Und deshalb will ich dir jetzt mal sagen, was die Wahrheit ist. Die Wahrheit ist, daß dein Pappi dich sehr lieb hat –

OMA:
Watt ist los mit dem?

LORE:
Wie lang ist die Kassette, Betty? Geht das zwei Stunden so?

HORST:
Und daß deine Mutter immer behauptet und so tut, als ob das gar nicht stimmt.

Er räuspert sich.

Das stimmt aber nicht. Also – äh – ich meine, daß es nicht stimmt, wenn – jetzt bin ich rausgekommen, halt mal an, Steven.

MÄNNERSTIMME:
Nix. Mach weiter. Ist gut so.

HORST:
Ja?

MÄNNERSTIMME:
Ja. Mach weiter, gib's mir, gib mir alles!

OMA:
Nun mach schon, wenn's Steven doch sagt!

BETTY:
Wer ist denn bloß dieser Steven, ey? Kennt ihr einen Steven? Hatte der nicht einen Ralf? Ralfi? So 'n Ralfi?

OMA *und* LORE *sehen sich bedeutungsvoll an.* LORE *greift zur Buttercremetorte.* OMA *lächelt triumphierend.*

HORST *(wackelnd)*:
Seh ich gut aus? Ist die Jacke okay?

LORE:
Zum Anbeißen siehst du aus, Putzi.

MÄNNERSTIMME:
Prima. Mach weiter.

HORST:
Wo war ich?

LORE / OMA / BETTY / MÄNNERSTIMME *(synchron)*:
«Dein Pappi hat dich sehr lieb.»

HORST:
Ach ja.

OMA *(erschrocken)*:
Huch, kann der uns etwa hören?

Lore:
Klar, sehen auch.

Betty:
Ist doch gar nicht wahr, erzähl der Oma doch nicht so'n Scheiß.

Lore *(seufzt)*:
Den Humor hat sie von Oppa.

Horst:
Also, dein Pappi hat dich sehr, sehr lieb, und daß wir uns nicht öfter sehen, das liegt daran, daß wir so weit auseinander wohnen, nicht? Und wenn wir in derselben Stadt wohnen würden – deine Mutter wär ja doch dagegen. Die war ja schon dagegen, als wir alle noch in Leverkusen gewohnt haben. Aber jetzt wohnst du in München –

Lore:
Ist nicht möglich.

Betty:
Nun gib ihm doch 'ne Chance!

Horst:
Und ich wohn in Leverkusen, und – und – nee, das ist doch blöd, ich fang noch mal an.

Männerstimme:
Mach weiter! Du bist toll, Hotti. Du bist gut drauf, komm, mach weiter.

Horst:
Wirklich?

Männerstimme:
Ehrenwort.

Lore:
Hotti. Mir wird schlecht.

Oma:
Datt kommt bestimmt von der Buttercremetorte, die ist so fett diesmal.

BETTY:
Das ist der schärfste Streifen, den ich je gesehen hab, aber echt. Volle Power.

HORST:
Wenn es nach mir gegangen wäre, wären wir damals auch zusammengeblieben, deine Mutter und ich.

Beleidigt.

Aber sie wollte ja nicht. Sie wollte ja alleinerziehbare Mutter sein. Und eure Oma war ja wohl auch dagegen. Grüß mir die Oma. Trotz allem.

OMA:
Kannze dir inne Haare schmieren, deine Grüße, du ollen Schlönz.

BETTY:
Oma, ich soll dich von Pappa grüßen.

HORST:
Na ja. Hat nicht sollen sein. Und wer weiß, wozu es gut ist.

Gekicher von STEVEN *und Horst, verwackeltes Bild. Blicke zwischen* OMA *und* LORE.
BETTY *schaltet aus.*

BETTY:
Nee, ehrlich, ich pack das nicht mehr, jetzt erklärt mir doch mal, was das soll, weiß hier jemand, was das soll, hat der einen an der Waffel oder was?

Das Telefon klingelt. LORE *und* OMA *stürzen gleichzeitig hin, sagen synchron:*

OMA/LORE:
Das ist für mich.

BETTY *packt die Päckchen auf dem Tisch aus.* OMA *hebt als Siegerin das Telefon ab, flötet:*

OMA:
Rittberger Martha.

Sie reicht den Hörer enttäuscht an LORE.

Für dich.

LORE *nimmt ihn, säuselt:*

LORE:
Lore Rittberger. Aaah! Jaaa! Duuuuu bist das!

Sie lacht glockenhell und affektiert. OMA *und* BETTY *sehen sich bedeutungsvoll an,* OMA *tippt sich an die Stirn.*

Meine Tochter hat Geburtstag, weißt du – ja – also, höchstens später. Wir feiern noch.

OMA *spitzt die Ohren.* LORE *sieht das, dreht sich demonstrativ um, redet ganz leise.* OMA *zeigt auf den Geburtstagstisch.*

OMA:
Nu pack ma aus. Datt da is von mir.

BETTY:
Bestimmt was Nützliches.

Sie wickelt aus – eine Garnitur Unterwäsche. BETTY *legt sie muffig weg,* OMA *kommt, faltet auseinander.*

OMA:
Baumwollmakko. Ich hab extra Hosen mit Bein gekauft, nich so kleine Tangabuxen, wo du immer mit rumläufst. Du holst dir darin nämlich noch einmal watt anne Blase oder sonzwo. Mit Bein nich.

BETTY:
Jaja. Danke.

OMA:
Datt wußtich, datt du dich dadrüber freust.

LORE:
Hm. Okay. Ich dich auch.

Sie küßt ins Telefon, legt auf. Tänzelt singend ins Wohnzimmer.

OMA *(mißtrauisch)*:
Bisse etwa schon wieder verliebt?

LORE:
Stell dir vor. «Die Liebe hemmet nichts! Sie kennt nicht Tor noch Riegel...»

OMA:
Ach du dicken Paternoster. Gezz geht datt wieder los, dauernd telefonieren, möglichst noch auswärts, dann jeden Tag drei Briefe un Blumen vor de Tür un dann die dickgeheulten Augen.

BETTY *packt weiter aus. Schlechtgelaunt zieht sie gelbe Turnschuhe aus einem Karton.*

BETTY:
Ehrlich, ihr schenkt mir nur Scheiße. Ich wollte 'ne Perlenkette.

LORE:
Nur über meine Leiche. Ich hab mir schon die Turnschuhe mit Würgen abgeklemmt.

Sie gibt BETTY *einen Kuß.*

Du bist ein nettes Mädchen, Betty, aber dein Haarschnitt und dein Geschmack – nee. Nicht mit mir. Perlenkette!

BETTY:
Ich find Perlenketten geil.

OMA:
Und nachts um drei noch baden. Gezz geht datt alle wieder los. Wer isset denn diesmal? Wieder 'n Ausländer?

LORE:
Ich laß mich gerade noch von dir kontrollieren. Was ist denn mit dem alten Knacker mit Schmiß, der neuerdings bei dir ein und aus geht? Na?

OMA:
Ein und aus geht! Das ist Herr Schwobetzky, den hab ich auf einer Kaffeefahrt kennengelernt, und der hat alles im Osten verloren.

Betty:
Pennst du auch mit dem?

Oma:
In meinem Alter! Da hat man andere Interessen.

Lore:
Hoffentlich komm ich in so 'n Alter nie.

Betty:
Was macht ihr denn dann, wenn der kommt?

Oma:
Reden! Fernsehen! Neulich haben wir geguckt, wie sie so schön von dem Grzimek erzählt haben. Dem seine Asche, die is gezz inne Wüste Gobi.

Lore:
Serengeti, Mutter, Serengeti. Wo er die vielen Elefanten gerettet hat.

Oma:
Oder da. Herr Schwobetzky ist auch Witwer, seine Frau liegt zwei Felder weiter als der Oppa.
Du könntest mal wieder mit auf den Friedhof gehen, Lore.

Lore:
Das fehlt grade noch. Davon hat er nix. Er nicht und ich nicht.

Oma:
Datt ist noch garnich raus.

Sie sieht zur Zimmerdecke hoch.

Nä, Fritz? Vielleicht sitzte da oben neben den Herrgott und kucks runter, wie wir uns hier inne Haare kriegen.

Betty:
Wieso soll gerade der Oppa neben dem lieben Gott sitzen, ich denk, der Oppa war ein Linker aus der Arbeiterklasse? Und so langweilig?

OMA:
Ja, glaubze, der liebe Gott springt über Tisch un Bänke? Die sitzen bestimmt da oben und spielen Karten, von morgens bis abends.

LORE:
Und singen von der Solidarität.

(Sie singt)

OMA *(unvermittelt zu Lore)*:
Un, wer ist dein neuer Verehrer?

LORE:
Erstens geht dich das nichts an, zweitens ist das kein Verehrer, sondern ein –

OMA/BETTY *(synchron)*:
Junger Dichter!

LORE:
Woher wißt ihr das?

BETTY:
Sind doch immer junge Dichter bei dir. Pickelige Typen mit Klätschhaaren, die das Bad vollsauen und zu mir «Na, kleine Betty» sagen. Damit ist jetzt Schluß, ey, da kannste deinen Zombies mal 'n schönen Gruß bestellen, ich will von denen gesiezt werden, ab sofort, ich bin jetzt sechzehn. Da siezen sie einen sogar in der Schule.

LORE:
Du liebe Güte, BETTY, mußt du jetzt auch noch so denken wie du aussiehst?

BETTY:
Hinter dem letzten hab ich drei Tage hergeputzt, so hat er alles vollgesaut. Vor allem das Klo, weil die immer alle im Stehen pinkeln. Und er soll mal seine bescheuerten Westernstiefel abholen.

OMA:
War das der, der abends fünf Schnitten gegessen hat?

LORE:
Das ist ein hochbegabter tschechischer Autor...

OMA:
Eins mit Radieschen, zwei mit Schmierwurst und zwei mit Emmentaler?

LORE:
Und ich übersetz gerade seine Gedichte.

Sie zitiert zwei, drei Zeilen auf tschechisch – irgendwas mit «Wenn die Liebe abends schwer aufs Herz mir fällt, Heimat, dann bist du so weit» oder so.

OMA:
Das wird schon wieder so ein Unsinn sein. Und alle fressen sich hier durch.

LORE *(wütend)*:
Künstler sind nun mal nicht die schwerreichen Kerle in den Nadelstreifen, von denen du träumst. Und ich laß mich auch nicht kontrollieren, Mutter, merk dir das.

Sie rauscht aus dem Zimmer, knallt die Tür.

Lores Zimmer — Innen/Nacht

Lore *zieht sich um, am Unterrock ist ein Träger mit Sicherheitsnadel festgemacht. Was sie auszieht, schmeißt sie einfach auf den Boden, was sie aus dem Schrank reißt und nicht anzieht, ebenfalls. Sie richtet Chaos an, fummelt schließlich irgendwelche Klamotten zurecht, die sie anzieht, alles sitzt vorne und hinten nicht.*
In der Tür erscheint, einen Apfel kauend, Betty.

Betty:
Mensch, hast du wieder einen Verhau.

Lore:
Verschon mich bloß mit deinem Ordnungsfimmel.

Betty:
Ist es wieder so 'n klebriger Dichter?

Lore:
Ja, es ist ein klebriger Dichter. Du sagst es. Nicht alle Männer sind so nett und appetitlich wie dein Vater.

Sie rauscht an Betty *vorbei, knallt die Tür zum Bad.*

Flur Lore — Innen/Nacht

BETTY *sitzt auf der Treppe zum Obergeschoß.*

BETTY:
Prima Geburtstag! Eins a Familie!

OMA *kommt aus dem Wohnzimmer.*

OMA:
Zankt euch nicht! Ich geh runter! Betty, mein Engelchen, wenn du Lust hast, kannst du ruhig dazukommen, Herr Schwobetzky ist reizend. Wir wollen den Film kucken, wo Maria Schell so schön weint.

BETTY *schaut zu, wie* OMA *aus einer Schublade gerade ein paar Briefmarken nimmt und in ihrer Schürzentasche verschwinden läßt.*

OMA:
Ich habe mir nur rasch ein paar Briefmärkchen genommen.

LORE *kommt aus dem Bad angerauscht.*

LORE:
Wenn ich gleich weg bin, kannst du auch deine Ferngespräche mit Tante Luise führen und gucken, wieviel Pikkolos noch im Kühlschrank liegen.

OMA *(entrüstet)*:
Du tust grade so, als ob ich dich beklau!

LORE:
Tust du doch auch.

BETTY:
Ich bin heute abend bei Roberto.

OMA:
Bring ihn doch mit her – obwohl, nein, Herr Schwobetzky mag die Ausländer nicht so sehr.

Sie schnuppert an LORE, *die noch vorm Spiegel steht.*

Nach watt riechst du denn, datt ist ja ekelhaft, wie im Puff.

LORE:
Wer weiß, vielleicht arbeite ich stundenweise im Puff, weil Übersetzer so schlecht verdienen? Tschö!

Sie gibt ihrer Mutter einen Klaps, BETTY *einen Kuß, lila Lippenstift bleibt auf der Wange zurück, den* BETTY *pikiert sofort abwischt.*

Ich weiß nicht, wann ich komm, und seid beruhigt, ich bring den pickeligen klebrigen Dichter nicht mit. Wir werden irgendwo zwei Stunden Händchen halten und dann komm ich allein in mein schönes Heim.

Haustür, weg ist sie. Oma seufzt.

OMA:
Immer zu Gange. Immer mit Kerle. So war die schon als junges Mädchen. Ich bin ja froh, daß du so 'n festen Freund hast, Betty, aber ausgerechnet en Italiener! Die wollen doch immer nur datt eine.

BETTY *(grinst)*:
Stimmt.

OMA:
Es gibt doch so nette deutsche Jungens, willst du es denn nicht mal versuchen?

BETTY:
Einmal Roberto, immer Roberto. Deutsche Knaben haben alle 'ne Fresse wie Streuselkuchen, schau dir die doch mal an, nix wie Pickel.

OMA:
Da gibt's doch Salbe gegen.

BETTY:
Oma, davon verstehst du nix. Geh runter, dein Schwabenitzky kommt.

OMA:
Schwobetzky. Herr Schwobetzky. Aussiedler aus Polen.

BETTY:
Ausländer! Iiiih!

OMA *geht runter. Betty räumt die Klamotten ihrer Mutter auf, faltet Pullover, hängt Kleider ordentlich in den Schrank, rollt Strümpfe zusammen.*

Wohnung Oma — Innen/Nacht

Oma deckt in ihrem Wohnzimmer unten den Tisch für zwei Personen. Von der Schinkenplatte nimmt sie nach eingehender Prüfung drei Scheiben Schinken wieder herunter und packt sie zurück ins Papier. Auch die Schnapsflasche mit den Gläsern verschwindet dann doch lieber wieder im Schrank. Die Kissen kriegen Knicke.
Vor dem Fenster: Beine, die vorübergehen.
Operettenmusik im Radio, Oma singt mit.
Das Foto von Opa dreht sie auf der Vitrine um, Gesicht nach hinten.

Oma:
So, Fritz, gezz kuckze mal 'n bißchen weg.

Sie singt weiter zur Radiomusik.

«Hast du da droben vergessen auf mich?
Es sehnt doch mein Herz nach Liebe sich!
Du hast im Himmel viel Englein bei dir,
schick doch eines davon auch zu mir.»

Wohnzimmer Lore — Innen/Nacht

BETTY *sitzt vorm Fernseher, frißt verloren ein Stück Buttercremetorte in sich rein, die Kassette mit* HORST *läuft wieder.* HORST *ist halb verschwommen im Bild, wackelt hin und her – alles wie vorher. Er redet, windet sich.*

HORST:
Und das ging einfach nicht mit deiner Mutter und mir, Betty. Sie ist auch so unordentlich. Ich habe es lieber nett.

Er wischt imaginäre Stäubchen an sich weg.

BETTY:
Da sagst du was, ey.

HORST:
Und dann immer ihre Männergeschichten. Dauernd hatte sie Männergeschichten.

Da kichert STEVEN *im Off.*

Mir hat sie gesagt, da wär nichts. Aber das glaub ich nicht. Weil, zwischen uns war ja auch nichts, verstehst du? Das verstehst du jetzt schon. Und – äh – Betty. Ja, wie soll ich das sagen – ich –

Die Haustür geht. BETTY *hält den Video an, das verzerrte Verlegenheitsgesicht von* HORST *bleibt stehen.*

LORE *(schreit im Flur)*:
Ich bin's! Hab was vergessen!

Lores Zimmer **Innen/Nacht**

LORE *ist wieder in ihrem Schlafzimmer, merkt nicht mal, daß* BETTY *die Sachen weggeräumt hat. Sie reißt ein, zwei Schubladen auf, wühlt, schmeißt alles hinter sich auf den Boden, richtet in einer einzigen Minute wieder ein Chaos an, findet dann einen grünen Schal, den sie sich lässig umwirft.*

LORE:
Guckst du wieder dieses Video? Glaub dem ja nichts, Betty. Alles, was du über deinen Vater wissen mußt, kann ich dir besser erzählen.

Wohnung Oma **Innen/Nacht**

OMA *mit dem Ohr am Heizungsluftschacht, der leise den Ton von oben leitet – leise, aber verständlich. Im Hintergrund der gedeckte Tisch.*
OMA *hört* BETTY.

BETTY:
Er erzählt es aber anders als du.

LORE:
Na logisch, der ist ja auch bloß ein Mann. Kein Sinn fürs Reale.

Wohnzimmer Lore — Innen/Nacht

Lore *kommt rein.*
Betty *mümmelt ihre Buttercremetorte.*

Lore:
Der hat doch das Blaue vom Himmel runtergeschwindelt, als ich den kennenlernte.

Sie tänzelt durchs Zimmer, macht einen werbenden Mann mit tiefen Blicken nach, steigt auf den Stuhl, girrt um Betty herum, stellt den schleimigen Verführer dar:

Du – ich find dich so wahnsinnig! So wahnsinnig hab ich noch nie eine Frau gefunden. Weißt du, ich bin eigentlich mehr verschlossen, aber bei dir – da vibriert mir alles. ALLES. Lore-Loretta – du meine Lore –, laß uns wilde Dinge tun! Ich hatte eine schwere Jugend, ich hatte eine schwere Kindheit, ich hatte ein schweres frühes Mannesalter, jetzt bist du da, mein Engel, mein alles, mein schönes weiches Frauenfleisch –

Betty *muß lachen,* Lore *bleibt stehen, wird wieder normal.*

So hat der geredet. Und ich, jung und doof, ich hab das doch geglaubt.

Betty:
Der muß einen an der Waffel gehabt haben. Aber du auch. Roberto und ich, wir reden nie so daher.

Betty *setzt das Video wieder in Gang.* Horst *räuspert sich, hampelt verlegen herum.*

Horst:
Bettylein, also, egal was ist und wird und war, nicht – deine Oma sagt ja immer gestern ist gestern und heute ist heute und morgen ist morgen, nicht –

Lore:
Mein Gott, ist das spannend. Der reinste Tatort –

Betty:
Warum ist der so ’n Klemmi, ey? Der ist ja total verklemmt, war der doch früher nicht –

Oma *(im Flur)*:
Huhu! Ich binnet.

Oma *betritt das Wohnzimmer.* Horst *stottert weiter.*

Horst:
Das sagt deine Oma immer, und da ist ja auch was dran.

Oma:
Watt sag ich? Redet der von mir? Wieso bist du schon wieder da, Lore, dauern deine Liebschaften jetzt bloß noch Stunden?

Betty:
Seid doch mal ruhig, der würgt sich da einen ab, irgendwas will der doch rausbringen.

Lore:
Und dein reizender Herr, wo ist der?

Oma:
Weiß ich aunnich, der Schinken biegt schon die Ränder hoch, kann ich mich furchtbar ärgern über sowatt. Zu spät kann ich nich haben.

Horst:
Ich sage es dir jetzt, wie es ist, liebe Betty, und es muß ja nicht für immer sein –

Gewackelt, eine Hand, Horst *fällt aus der Rolle:*

Steven, das muß ich sagen, laß mich jetzt mal! Ich muß dem Kind das jetzt mal sagen.

Lore:
Laß es raus, Mann, ich muß weg!

Betty:
Geh doch! Ist doch meine Kassette.

HORST:
Also, ich leb jetzt mit Steven. Mal 'ne Weile. Ich hab einfach kein Glück mit Frauen, und – und Steven ist nämlich ein Mann, weißt du.

BETTY:
Wär ich nie drauf gekommen.

OMA:
Und sowatt sagt der dem Kind! Der darf mir nicht in die Finger kommen.

LORE:
«Der Mann wird nie so sehr vom Glück gemieden, als er es meidet, denn er faßt es nimmer, gleichgültig, wird es besser, wird es schlimmer, er hört nicht auf, das Dasein umzuschmieden.»

OMA:
Och, Kind, wie schön.

LORE:
Hebbel!

OMA:
Du ißt ja doch meine Buttercremetorte.

Energisch schaltet BETTY *den Fernseher aus, stellt den Teller hin.*

BETTY:
Ja, aber jetzt wird mir schlecht.

LORE:
Kein Wunder. Betty, komm, geh mit, der Typ ist nett, der schreibt auch ganz schöne Gedichte, und wir könnten doch –

BETTY:
Ich geh zu Roberto.

LORE:
Na gut. Aber blas mir ja nicht Trübsal.

Oma:
Sie kommt mit runter zu mir, und wir essen die Schnittchen.

Betty *(schreit)*:
Jetzt laßt mich doch endlich mal in Ruhe! Jeder weiß hier, was ich machen soll, ich weiß das aber selber. Mamma, du siehst aus wie 'ne Vogelscheuche, geh deinen Dichter erschrecken und nicht mich.

Lore:
Ein Kind ist doch das größte Glück der Welt!

Sie geht.

Oma:
Wenn der Schwobetzky kommt, der kann was erleben. Jetzt bin ich genau in der Stimmung.

Sie geht auch, nimmt sich aber vorher noch ein Stückchen Buttercremetorte, so auf die Hand.
Betty *sitzt da. Sie grübelt vor sich hin. Das Telefon klingelt.* Betty geht hin, hebt ab, sagt mit ganz trockener Stimme, oft geübt:

Betty:
Hier ist der automatische Anrufbeantworter Martha, Lore und Betty Rittberger. Wir sind leider im Moment nicht zu Hause. Sie können aber nach dem Pfeifton eine Nachricht hinterlassen.

Betty *nimmt den Kaugummi aus dem Mund, pfeift, lauscht noch einen Moment, legt dann auf. Dann geht sie in den Flur.*

Flur Lore **Innen/Nacht**

Durch die offene Schlafzimmertür sieht Betty, *daß* Lore *schon wieder alles aus dem Schrank gezerrt und eine Heidenunordnung angerichtet hat. Betty schreit durch den Heizungsschacht zu* Oma *runter.*

Betty:
Oma! Dein Zombie hat angerufen, er kommt nicht, sein Schrittmacher hat irgendwas oder so.

Dann macht sie sich daran, alle Sachen wieder zu falten und in den Schrank zu räumen. Oma *kommt die Treppe heraufgestürmt.*

Oma:
Schrittmacher! Dafür versetzt der mich! Sind die Männer denn alle verrückt?

Sie geht ans Telefon. Sie wählt, wartet, schimpft los. Betty *geht währenddessen aus dem Schlafzimmer, die Treppe hinauf zu ihrem Zimmer.*

Oma:
Was soll das heißen, Herbert? Dein Schrittmacher? Ja, dann laß dir doch einen neuen machen, die Kasse zahlt das doch! Helmut Schmidt hat auch einen Schrittmacher und hält Vorträge in der ganzen Welt und kriegt 20000 Mark dafür! Daran nimm dir mal ein Beispiel! Immer dasselbe, ich mach Schnittchen und dann kommst du nicht, weil irgendwas ist. Weißt du was, langsam nehm ich das persönlich!
Da war auf meinen Mann mehr Verlaß, so langweilig der Fritz auch war! Aber wenn abgemacht war, sieben Uhr essen, dann war er auch um sieben Uhr da. Ich denk, du bist Preuße? Na, und?

Betty *kommt plötzlich die Treppe wieder runtergestürzt, geht ins Schlafzimmer, zerrt alles, was da im Schrank ist – Pullover, Tücher, Wäsche –, heraus und schmeißt es voller Wut auf den Boden. Dann verläßt sie das Haus. Man hört sie mit dem Mofa wegfahren.*

Oma knallt den Telefonhörer auf. Sie schnüffelt noch ein bißchen in der Wohnung herum, liest eine Postkarte, nimmt sich im Bad ein Stück Seife mit (Oma schnorrt alles, was herumliegt), in der Küche einen Pikkolo und sieht schließlich ins Schlafzimmer. Sie schüttelt den Kopf über die Unordnung, fängt an, alles zu falten und in den Schrank zu räumen. Dann geht sie nach unten. Stille.
Die Haustür wird aufgerissen, Lore kommt herein, schreit:

LORE:
Betty? Ich bin's noch mal, es fängt zu regnen an, ich hol mir nur schnell 'n Schirm!

Sie sucht im Flur, findet nichts, geht ins Schlafzimmer, merkt natürlich nichts vom Aufgeräumten und sucht den Schirm, indem sie alle Schuhe, Höhensonne, was unten so im Schrank steht, auch wieder ein paar Fächer mit Pullovern ausräumt und alles auf den Boden schmeißt, bis sie den Schirm gefunden hat. Sie will gehen, trifft an der Tür auf Betty.

LORE:
Wo kommst du denn her?

BETTY:
Ich hab keine Lust auf ROBERTO. Ich bleib zu Hause.

LORE:
Ich bleib auch da. Der soll doch warten, wenn Dichter leiden, schreiben sie ja viel schönere Gedichte, für die Kunst ist die Liebe sowieso falsch.

Sie feuert den Schirm in die Ecke.

Und jetzt käm ich auch schon zu spät, außerdem regnet es, und überhaupt.

Stimme von unten.

OMA:
Huhu! Seid ihr da?

LORE/BETTY:
Nein!

OMA *kommt in die Küche, balanciert einen Teller mit Schnittchen.*

OMA:
Ihr seid wohl da, hör ich doch. Ich bring die Schnittchen.

Wohnzimmer Lore	**Innen/Nacht**

Später:
Am großen Tisch sitzen Oma, Lore *und* Betty, *futtern, halten sich die Bäuche vor Lachen, und es läuft wieder von vorne die Kassette mit* Horst.

Horst:
Hier spricht dein Vater Horst Rudolf Hecker.

ENDE

Folge 2

Elend schlechthin

Keller Innen/Tag

Lore und Betty kramen in Kisten, Schränken und Regalen, schmeißen Klamotten auf einen großen Haufen. Es ist sehr unordentlich. Lore stöhnt, schmeißt ein Kennedy-Foto, gerahmt, weg.

Betty:
Was für ein Mist hier unten rumliegt! So schlimm hatte ich mir das nicht vorgestellt.

Lore:
Die Hausfrau in der Zirkuskuppel: ratlos.

Betty:
Das ist die Oma, ey. Die kann ja nie was wegschmeißen, hier, guck dir das an, Schuhkartons voll mit alten Kordeln, alles zusammengeknotet. Und alte Weinflaschen. Wofür verwahrt die die?

Lore:
Was weiß ich, wenn Krieg kommt, sagt sie immer.

Betty:
Wie, wenn Krieg kommt? Will sie die dann nach den Soldaten schmeißen, oder was?

Lore:
Nee, wenn Krieg kommt, kann man alles brauchen. Komm, laß, hat keinen Zweck, so ist die nun mal. Schmeiß alles weg, da hinten sind große Müllsäcke, rein damit.

Sie zieht ein Fußteil von einem Liegestuhl vor.

Fußteil vom Liegestuhl. Wir haben doch gar keinen mehr. Weg damit!

Es fliegt in den Kellergang, auf einen großen Berg. Lore zeigt auf einen Schrank:

Was ist da drin?

BETTY *öffnet ihn, zieht ein Gesicht.*

BETTY:
Winterklamotten. Und stinkt tierisch.

LORE:
Weg damit. In einen Extrasack, da gibt's immer so Kleidersammlungen.

BETTY *zieht ein Pelzjäckchen, Patchwork, an.*

BETTY:
Guck mal! So 'n Scheiß! Pelzjäckchen.

LORE:
War mal der letzte Schrei. Willst du das haben? Mir ist es zu eng.

BETTY:
Bin ich bescheuert? Tote Tiere! Damit lauf ich nicht rum.

Sie zieht einen Zehnmarkschein aus der Jackentasche.

Ey! Zehn Mark! Wer die findet, darf sie behalten.

LORE:
Zieh ich dir sowieso vom Taschengeld ab. Guck mal in alle Manteltaschen, da ist bestimmt noch mehr.

BETTY:
Weil du nie ein Portemonnaie nimmst. Dabei geht das ganze Futter davon kaputt.

LORE:
Weißt du, daß du schon redest wie deine Oma?

BETTY *sucht nach Geld, findet allerhand Kleingeld.*

BETTY:
Ist doch nicht wahr.

LORE:
Dazu bist du aber ungefähr noch sechzig Jahre zu jung, liebes Fräulein.

BETTY:
Sag nicht dauernd liebes Fräulein zu mir, Fräulein ist echt kraß und antifeministisch, und das sagt man überhaupt nicht mehr.

LORE:
Vermutlich stimmt's ja auch nicht mal mehr bei dir. Oder?

BETTY:
Meinst du, ich nehm die Pille, weil ich denk, das sind Smarties oder was?

Von ferne hört man Schritte auf der Kellertreppe und ein frohes:

OMA:
Huhu! Ich binnet! Watt macht ihr da?

LORE:
Die hat mir noch gefehlt.

OMA *kommt und sieht voll Schrecken, was da passiert.*

OMA:
Watt macht ihr denn da?

LORE:
Wir fordern das Jahrhundert in die Schranken.

BETTY:
Aufräumen.

OMA:
Datt hab ich doch ers vor zwei Wochen gemacht.

LORE:
Das sieht man.

OMA:
Seit wann interessierst du dich für Aufräumen, das ist ja 'ne ganz neue Nummer.

BETTY *ist wieder fündig geworden.*

BETTY:
Drei Mark sechzig. Jetzt hab ich schon fast zwanzig Mark hier in den Taschen gefunden, so geht die mit dem Geld um, ey, und an mir wird wer weiß wie geknausert.

OMA:
Deine Mutter konnte noch nie mit Geld umgehen. Einfach alle so inne Tasche?

Sie fängt auch an zu suchen.

Das ganze Futter geht davon kaputt.

LORE *sieht* BETTY *triumphierend an.*

BETTY:
Oma redet wie ich, das Alter ist nämlich weise.

OMA *findet fünfzig Pfennig.*

OMA:
Die behalt ich jetzt aber!

LORE:
Kauf dir aber unbedingt Süßigkeiten dafür, damit du endlich platzt.

OMA:
Deine Frechheiten kannze dir sparen. Guck lieber mal deinen eigenen Hintern an. Da...!

Sie zieht einen zusammengerollten Trainingsanzug vor.

Sport wollteste mal treiben, und, watt is? Nix. Und gezz schmeißte den schönen Anzug weg?

LORE:
Trag du ihn doch. Du trägst doch so gern alles auf.

OMA:
Wär datt nix für dich, Betty? Du bist doch immer so fleißig am Joggen.

BETTY *faltet den Anzug mit spitzen Fingern auseinander.*

BETTY:
So 'n Pumparsch zieh ich nicht an.

LORE:
Wenn nicht Bennetton oder Lacoste vorne draufsteht, kann unsere Betty das nicht tragen.

OMA:
Schmeiß ja nicht die Kördelkes weg.

Sie rettet den Schuhkarton mit den Paketkordeln.

Hab ich extra alle schön aufgerollt.

LORE:
Und wozu, bitte? Möchtest du dich daran aufhängen, oder was?

OMA:
Die Freude mach ich dir nicht. Aber wenn man mal jemand ein Päcksken schickt.

LORE:
Wem schickst du denn Päckchen? Du bist doch viel zu geizig.

OMA:
Die Kordeln bleiben da. Wir haben im Krieg...

LORE *(gereizt)*:
Es ist aber kein Krieg.

OMA:
Und wenn einer kommt? Dann stehsse da und es gibt keine Kordeln. Ich kenn datt doch alle, ich hab et doch erlebt. Keine Kordeln, keine Kerzen, nix.

LORE *schmeißt den Karton mit Kordeln in einen Sack.* OMA *steht beleidigt dabei. Dann sucht sie im Schrank herum, da hängen ein paar alte Kleider von ihr. Sie nimmt sie heraus.*

LORE:
Laß bitte die Sachen da.

OMA:
Datt sind meine Kleider, da kann ich mit machen, was ich will. So.

Sie zieht irgend etwas über, das gar nicht mehr paßt.

Paßt!

LORE:
«In jedem Kleide wirst du doch die Pein des engen Erdenlebens fühlen!» Mutter, weg mit dem Plunder.

OMA:
Datt muß ich erst alle genau probieren.

Sie rafft die Kleider zusammen, zieht auch unauffällig einen der schon abgelegten Müllsäcke mit sich. BETTY *findet zwei alte Puppen.* OMA *ab.*

BETTY:
Meine Puppen! Wieso liegen die hier? Die hab ich doch damals im Garten beerdigt.

LORE:
Die wird deine Oma schon wieder ausgegraben haben.

BETTY:
Die hat mir Pappa mal geschenkt.

LORE:
Ja, du wolltest Teddybären, und er fand Puppen für kleine Mädchen richtiger. Dein Pappa.

Sie tippt sich an den Kopf. LORE *findet eine Kiste, Briefe, mit Schleifchen zusammengebunden. Sie fängt an zu lesen.*

BETTY *(argwöhnisch)*:
Alles Liebesbriefe?

LORE:
Ja. Ich wußte gar nicht, wen ich alles... äh... gekannt habe...

Wohnung Oma   Innen/Tag

OMA *steht vorm Spiegel. Sie hat sich in etwas Geblümtes gezwängt, das nun wirklich nicht mehr paßt. Der Reißverschluß läßt sich erst gar nicht schließen.* OMA *dreht und wendet sich.*

> OMA:
> Kann ich doch noch tragen.
> Pppph.
> Für im Garten isset schön.

Sie dreht sich um, es spannt wirklich atemberaubend.

> Gott, is en bißken eng.

Sie fühlt den Stoff.

> Aber so 'n schön Stöffchen!

Es klingelt.
OMA *drückt auf einen Türdrücker, geht in den Flur und ruft zur Kellertreppe hoch:*

> Unten!

*Von oben ein Kopf: ein Herr (*LÖHLEIN*) in Schwarz bückt sich, sieht die Treppe herunter.* OMA *winkt ihm.*

> Wollnse zu Rittberger senior oder junior?

> LÖHLEIN *(von oben herunter)*:
> Ich – äh – zu allen, die guten Willens sind.

> OMA:
> Sindse vonne Zeugen Jehovas? Die waren grade letzte Woche da, also überm Weltuntergang weiß ich schon alles.

LÖHLEIN *ächzt mit zwei schweren Taschen die Treppe herunter. Er hat öliges Haar, einen Siegelring, goldene Uhr, speckigen Anzug.*

Löhlein:
Nein, ich – mein Name ist Löhlein. Ich –

Oma *zeigt streng nach oben.*

Oma:
Haustür schön zumachen.

Löhlein *bleibt unschlüssig stehen.*
Oma *zeigt auf die Taschen.*

Taschen hinstellen, und dann die Haustür schön zumachen.

Löhlein *zögert noch.*

Ich geh schon nich dran.

Er stellt die Taschen hin, huscht hoch, macht die Haustür zu, kommt rasch zu den Taschen herunter.

Watt is denn da alle drin?

Löhlein *(nestelt in seinem dunklen Anzug)*:
Ich hab für alles Ausweise.

Löhlein *klappt Ausweise auf wie ein Leporello, aber ganz schnell.*
Oma *winkt ihn herein.*

Oma:
Jaja, kommse erst mal rein.

Löhlein:
Ich komme von dem wohltätigen Männerbund im Herzen des heiligen Lorenz, wir kümmern uns um...

Oma:
Männerbund im Herzen? Gott watt kompliziert.

Löhlein *fuchtelt wieder mit den Ausweisen herum.*

Löhlein:
...das Elend der Welt. Ich hab für alles Ausweise. Wir sammeln Spenden, wir verkaufen Kerzen, mit dem Fuß gemalt, Honig, Bürsten, wir kümmern uns...

OMA:
Ich bin die Omma Rittberger, ich hab ’ne kleine Rente und ich kauf gar nix anne Tür. So. Gezz setzense sich da mal hin un sagen mir mal ganz ehrlich . . .

LÖHLEIN *preßt die Hand aufs Herz, setzt sich.*

LÖHLEIN:
Es ist alles wahr! Ich hab Ausweise, wir sammeln für das Elend in der Welt, wir – das Elend schlechthin . . .

OMA *baut sich vor ihm auf, dreht sich.*

OMA:
Paßt datt oder paßt datt nicht?

LÖHLEIN:
Ich verteile auch Broschüren, ich . . .

OMA:
Ja oder nein?

LÖHLEIN *atmet tief durch, wischt sich den Schweiß von der Stirn.*

LÖHLEIN:
Nein.

OMA *nickt, seufzt.*

OMA:
Daran seh ich, dattse wenigstens ein ehrlichen Menschen sind. Ich hab et geahnt.

Sie betrachtet sich traurig im Spiegel.

Paßt doch nich.

Sie sieht ihn schräg an.

Watt fürm Elend?

LÖHLEIN:
Bitte?

OMA:
Sie sammeln doch fürm Elend. Watt fürm Elend?

LÖHLEIN:
Oh, alles. Die Mission der grauen Brüder vom wohltätigen Herzen des heiligen Lorenz kümmert sich um die Eskimos, die Kinder in Indien, die Hungernden in Afrika, um Obdachlose in Eching und um Waisenkinder in Australien, um alles. Und da brauchen wir viele Spenden.

OMA *(nickt)*:
Moment.

Sie geht nach nebenan. LÖHLEIN *sieht sich neugierig in der Wohnung um, schnüffelt, sieht hinter die Kissen, wo normalerweise alte Leute vielleicht Geld versteckt haben.*

OMA *(von nebenan)*:
Da habense sich aber 'ne Menge Elend auf einmal vorgenommen.

OMA *kommt im Kittel zurück, reicht* LÖHLEIN *das Kleid.*

So, datt könnse schomma haben. Für die aam Neger. Die sind ja dünner wie ich, da wird datt schon passen. So, Hochwürden, Täßchen Kaffee?

LÖHLEIN *(wehrt ab)*:
Nicht Hochwürden! Wir sind Laien, arme Brüder vom heiligen Herzen...

OMA *zeigt auf seine Armbanduhr, dickes Gold.*

OMA:
Wie 'n armer Bruder sehnse aber nicht aus.

LÖHLEIN:
Das trügt. Ein Erbstück. Wir geben alles für das Elend, wir...

Er packt seine Taschen aus, Bürsten, Karten, Seife, Honiggläser – Oma winkt ab.

OMA:
Packense datt ma alle wieder ein, ich kauf nix anne Tür. Bin ich schon oft genug mit reingefallen – hier –

Sie holt unten aus dem Schrank einen riesigen Kochtopf.

Dampfkochtopf. Anne Haustür gekauft, war nach einmal Sauerbraten schon inne Binsen un repariert einem kein Mensch. Dabei hätt ich so gern einen, soll ja sowatt von gesund sein. Alles Betrug.

Sie sieht LÖHLEIN *mißtrauisch an.*

Datt waren nich zufällig Sie, der mir den vor zwei, drei Jahren verkauft hat? Irgendwie mein ich nämlich, ich kenn Sie.

LÖHLEIN *wehrt erschrocken ab.*

LÖHLEIN:
Ich? Nie im Leben! Ich hab für alles Ausweise...

Er zieht sie schon wieder hervor. OMA *winkt ab, schiebt ihm den Dampfkochtopf zu.*

OMA:
Da, nehmse den auch mit, für so 'n armen Eskimo. Der hat Zeit in sein Iglu, der kann sich den reparieren, un dann kanner sich seine Walfischflossen da schön drin garen, oder wattie sonz so essen.

LÖHLEIN *schiebt energisch Kleid und Topf zurück.*

LÖHLEIN:
Wir nehmen nur Geldspenden.

OMA *sieht sich um.*

OMA:
Wer ist denn eigentlich dauernd wir? Sie sind doch hier ganz alleine, heiliger Vatter?

LÖHLEIN:
Nicht heiliger Vater! Heilige Brüder vom – nein, graue Bruderschaft, arme Brüder im heiligen Herzen des wohltätigen Lorenz.

OMA *(winkt ab)*:
Is ja auch egal. Schnäpsken?

LÖHLEIN:
O nein.

OMA:
Ja sicher.

Sie gießt zwei Schnäpschen ein, geht dann in die Küche.

Ich setz ma eben Wasser auf.

LÖHLEIN *kippt sofort die Schnäpschen, gießt wieder neu nach.* OMA *kommt, prostet ihm zu.*

OMA:
Weg musser.

Sie kippen. OMA *nickt anerkennend.*

Weg isser.

Lores Zimmer **Innen/Tag**

Unsäglich wie eh und je: der offene Kleiderschrank, Sachen auf dem Boden, Berge von Zeitungen und Büchern im Bett, Blumensträuße, die welken.
LORE *steht vorm Spiegel und trägt ein langes Abendkleid, sie ist ansonsten barfuß, noch mit den hochgebundenen Haaren von der Kellerarbeit. Das Abendkleid könnte ganz schick sein, aber zu ihr paßt es irgendwie nicht. Sie dreht sich, begutachtet sich, trinkt aus einem Glas einen Schluck Rotwein, seufzt.*

Bettys Dachzimmer — Innen/Tag

BETTYs *Zimmer ist tipptopp ordentlich, an der Wand hängen schnurgerade nebeneinander ein paar Poster/Fotos: Kätzchen, Modern Talking, Romy Schneider (mit Trauerflor).* BETTY *steht vorm Spiegel und probiert, ob ihr ein enges, biederes, schwarzes Kostüm noch paßt. Die Puppen sitzen auf dem Bett. Von unten schreit* LORE.

LORE:
BETTY!

BETTY *verdreht die Augen.*

BETTY:
Was ist?

LORE:
Komm mal runter!

BETTY:
Ich kann jetzt nicht!

LORE:
Doch! Bitte, ich muß dir was zeigen.

BETTY *ist wütend, geht die Treppe runter.*
Da steht LORE *in dem Abendkleid.*

BETTY:
Wie siehst du denn aus, ey?

LORE:
Das wollte ich dich ja gerade fragen. Ist nix, oder? Ehrlich.

BETTY:
Karneval in Rio. Wo hast du den Fetzen denn her?

LORE:
Gekauft. In einem Anfall von Wahnsinn, wie die Sache mit dem Karl vorbei war, du weißt ja, der mit den roten Haaren, der...

BETTY:
Iiiih. Die lagen immer morgens im Waschbecken. Dem seine roten Haare vergeß ich nie.

LORE:
Also, da war ich so down, und da hab ich gedacht, jetzt kauf ich mir ein Abendkleid.

BETTY *setzt sich auf die Treppe. Der Rock kracht.*

BETTY:
Das ist ein Abendkleid? Ich dachte, das wär 'n Nachthemd.

LORE:
Bist du verrückt!? Das hat irrsinnig viel Geld gekostet. Guck dir doch mal den Stoff an!

BETTY:
An dir sieht es zum Sterben aus, echt, Mamma.

LORE:
Willst du es? Ich merk's ja auch, paßt irgendwie nicht zu mir. Was man aus enttäuschter Liebe kauft, paßt nie.

BETTY:
Nicht mit der Zange. Was soll ich denn mit einem Abendkleid?

LORE *zeigt auf* BETTYs *Kostüm.*

LORE:
Was willst du denn damit? Im Kirchenchor putzen?

BETTY *zupft sich.*

BETTY:
Kennst du das nicht mehr? War doch mein Konfirmationskostüm.

Sie steht auf, posiert ein bißchen.

Geil, was?

LORE:
Geil ja nun wirklich am allerwenigsten, eher totenspießig. Also, du willst das Abendkleid nicht?

BETTY:
Der Stoff ist nicht schlecht. Wenn es wenigstens kurz wär.

LORE:
Kann man ja abschneiden. Komm, wir gehen mal zu Oma runter. Die soll sich das mal angucken, und sonst schmeißen wir es weg. Und das auch.

Sie zeigt auf das kleine Schwarze.

BETTY:
Dabei ist so was schon wieder tierisch angesagt. Aber ich bin echt zu fett.

LORE:
Was soll ich denn sagen.

BETTY:
Ja du! Du bist doch schon alt, da ist doch alles egal.

BETTY *und* LORE *gehen zu* OMA. LORE, *empört, sich auf das lange Kleid latschend, hinterher.*

OMA *schiebt* LÖHLEIN *Paketkordeln, sorgfältig aufgerollt, hin, alte Pantoffeln, Einmachgläser. Der Kaffee steht auf dem Tisch.*

OMA:
So, Eminenz, da hamse für Ihr Elend schon ganz schön watt zusammen. Paketkördelchen, für wennse ma Päcksken nache Neger hinschicken, Paar bequeme Treter, die machen in Afrika bestimmt noch jemand glücklich, nä...

LÖHLEIN *schiebt seinerseits Bürsten, Karten, Honig hin.*

LÖHLEIN:
Bürsten, echte Borsten, mit dem Fuß... nein, das waren die Karten hier, mit dem Fuß gemalt, echte Borsten, Honig von echten Bienen...

OMA:
Datt nehmse ma schön wieder alle mit. Geld hab ich keins, nur gute Sachen.

Es klopft. LORE *und* BETTY *kommen rein.*

LORE:
Na, Herrenbesuch?

OMA:
Datt is doch bloß Herr Löhlein, vom Elend vom heiligen Lorenz. Datt is meine Tochter un meine Enkelin.

LÖHLEIN *steht auf, verbeugt sich.*

LÖHLEIN *(Handkuß)*:
Löhlein.

LORE:
Rittberger.

OMA:
Datt Kleid steht vorne offen. Wie seht ihr überhaupt aus?

LORE:
Macht nix, kommt Luft rein. Wollen Sie unsere Oma bekehren? Mutter, hast du ihm schon gesagt, was du von der Kirche hältst?

Sie sieht den Honig auf dem Tisch, dreht ein Glas auf, fährt mit dem Finger hinein und nascht.

LÖHLEIN:
Das ist echter Honig von echten Bienen. Elf Mark.

LORE *schraubt es gleich wieder zu, schiebt es ihm hin.*

LORE:
Ach, Honighändler sind Sie? Elf Mark ist mir zu teuer.

LÖHLEIN:
Es fließt alles direkt in die Notgebiete. Das Elend ist überall und übermächtig. Dem weihe ich mein Leben.

LORE:
Das Elend, wissen Sie, woher das kommt? Das kommt von der Ausbeutung und von den Großgrundbesitzern, jawohl, von den Waffenhändlern, dem Borkenkäfer, der Raserei auf den Autobahnen, das kommt von Spraydosen und von der CDU, von der Kernkraft und von der Abholzung der Hecken auf den Feldern, daher kommt das.

LÖHLEIN *hebt beschwörend die Hände.*

LÖHLEIN:
Mit alldem habe ich nichts zu tun. Ich versuche nur zu lindern, nicht wahr.

LORE:
Nix lindern, abschaffen. Wenn Sie das alles abschaffen, dann hört das Elend auf.

OMA:
Unsere Lore war früher mal beim marxistischen Hochschulverein für junge Mädchen, wissen Sie. Daher hat sie das.

LÖHLEIN:
Wir... äh... wir bauen eine Windmühle in Ceylon. Zum Beispiel.

BETTY:
Ceylon gibt es gar nicht mehr. Das heißt ja jetzt Sri Lanka.

LÖHLEIN:
Dann eben da.

OMA:
Is datt nicht dein Konfirmationskostüm? – Ja sicher!

BETTY:
Paßt aber nicht mehr.

OMA:
Hochwürden, wär datt nix für Sie? Is allerdings ein evangelisches Kostüm, nä, un ihr seid wahrscheinlich ja katholisch, oder? Aber im Elend kommtet doch nicht so genau drauf an, oder doch?

LÖHLEIN *packt seine Sachen wieder ein, bis auf das eine Glas Honig, an dem* LORE *genascht hat.*

LÖHLEIN:
Meines Bleibens ist nicht länger hier. Wo die Herzen sich hart verschließen, nicht wahr, da ziehe ich weiter. Ich werde für Sie beten, und ich kriege noch elf Mark.

OMA:
Datt Beten lassense ruhig, aber nehmse de Paketkordeln und datt alle mit. Ich weiß noch, auf Betty seine Konfirmation, da kam plötzlich dein Pappa, nä, Betty, kam da reingesegelt wie Graf... Graf... wieso elf Mark?

LÖHLEIN:
Für den Honig da.

OMA:
Aber den nehmen wir doch gar nicht.

LÖHLEIN:
Sie hat ja schon draus gefressen.

OMA:
Datt weiß doch keiner. Ich nehm donnich Honig für elf Maak, ich bitte Sie. – Wie Graf Dingens, wie heißt der Graf?

LORE:
Lambsdorff.

LÖHLEIN:
Elf Mark.

OMA:
Ach watt, Graf Rotz oder Graf Koks oder so, so kam der rein, mit ein Pelzmantel, im März, nä, war doch schon warm.

LÖHLEIN *packt den Honig ein.*

LORE:
Und übrigens, Gott ist tot. Nietzsche.

OMA:
Bloß zum Angeben, kommt der da in ein Pelz.

BETTY:
Soll ich das Kostüm jetzt ausziehen oder nicht?

LÖHLEIN:
Gott lebt. Das weiß ich. Das fühl ich hier drin.

Er legt die Hand auf seine Brust, schaut zur Zimmerdecke. Alle folgen seinem Blick.

Aber Nietzsche ist tot, bitte sehr.

LORE *legt auch die Hand aufs Herz. Dann nimmt sie* LÖHLEINS *Hand, preßt sie auf ihre Brust.*

LORE:
Da, fühlen Sie. Und? Nichts.

OMA *(entrüstet)*:
Lore! Sowatt darf er als Heiligen doch garnich fühlen.

BETTY:
Sagen Sie mal, diese Jungfrauengeburt. Ist da nun eigentlich was dran oder nicht? Sie sind doch Fachmann.

LÖHLEIN:
Das sind Fragen, die wir nicht antasten.

BETTY:
Wenn Sie mich fragen, das KANN gar nicht gehen.

OMA:
Laßt mich doch endlich mal fertig erzählen! Kam er also da reingerauscht, im März, im Pelzmantel, und...

LORE:
Mutter, wir kennen die Geschichte, wir waren ja dabei.

OMA:
Aber er doch nicht.

BETTY:
Deshalb bin ich froh, daß ich nicht katholisch bin, ey, da müßt ich lauter Sachen glauben, die kein Mensch beweisen kann.

LORE:
Kann man dieses Kleid irgendwie kürzer machen, für Betty?

OMA:
Betty trägt doch nie Kleider. Laß mal sehen.

LÖHLEIN:
Glauben muß man mit dem Herzen, da gibt es nichts zu beweisen. Ich laß Ihnen mal die Broschüre da, da steht alles drin. Und dann krieg ich noch elf Mark.

OMA:
Vergessense den Dampftopf nicht.

OMA *kniet nieder vor* LORE, *steckt mit Nadeln an dem Kleid rum.*

Jedenfalls, er läßt bei der Konfirmation in der Kirche die ganze Zeit den Pelzmantel an. Plötzlich läuft er rot an – Betty, datt trägst du doch nie im Leben, nachher änder ich datt, und du trägst es garnich.

LÖHLEIN *macht sich mit seinen Taschen auf und davon.* LORE *und* OMA *merken es gar nicht,* BETTY *sieht es, sagt aber nichts.*

BETTY:
Als Nachthemd kann ich's tragen.

OMA:
Läuft rot an und fällt um, mitten inne Predigt.

LORE:
Der Pfarrer war so süß, ganz jung, hach, ich erinner mich noch ganz genau an den, aber der war ja so was von fromm, da kam man nicht dran.

OMA:
Ich sag noch, Horsti, sag ich, zieh den Pelz aus, da...

Sie dreht sich um.

Wo isser denn?

BETTY:
Weg.

OMA:
Hat der sich einfach verdrückt? Un die ganzen Sachen dagelassen! Aber vielleicht war datt sowieso nur wieder so 'n Betrüger mit ein schwatten Anzug vom Kostümverleih. Kennt man ja.

BETTY:
Der hat ja Nerven. Erst will er Wohltätigkeit, dann haut er einfach ab. Dabei hätte ich ihm jetzt mein Kostüm geschenkt, für die armen Heiden.

OMA:
Watt sollen Heiden denn mit ein evangelisches Kostüm. Der kam mir sowieso nich ganz geheuer vor.

Sie ächzt sich hoch und setzt sich auf einen Stuhl.

LORE:
Ich wunder mich, daß du den hier unten überhaupt reinläßt. Nachher steht wieder in der Zeitung «Rentnerin mit Hackebeil in zwanzig Stücke gehackt» oder so.

BETTY:
Den möcht ich sehen, der sich an unsere Oma rantraut.

OMA:
Dauernd kommt einer un sammelt für irgendwatt. Wofür zahl ich Steuern? In watt für ein Land leben wir? Wo is datt soziale Netz, wose immer von reden? Zieh datt Kleid aus, Lore, ich schneid es mal ab für Betty.

BETTY:
Ich glaub, ich trag das noch nicht, ey.

LORE *(wurschtelt sich aus dem Kleid)*:
Nun entscheide dich mal.

OMA:
Anneliese Rothenberger zieht sich in eine einzige Show zwölfmal um, die weiß auch nie, wattse anziehn soll.

LORE *steht im Unterrock da.*

LORE:
Soll ich jetzt noch weiterkramen? Ich hab schon wieder keine Lust mehr.

BETTY:
Du fängst alles an und machst nie was fertig.

LORE:
Ich muß noch 'ne Übersetzung fertigmachen, Holzfällergedichte von so 'nem blöden Kanadier – «a tree, a tree, the wood is me...»

OMA:
Datt versteht doch kein Mensch.

LORE:
Darum übersetz ich's ja.

OMA:
Merkt datt eigentlich einer, wennze da ma so 'n bißken falsch drin übersetzt?

BETTY:
Oma, back doch mal Waffeln.

OMA:
Jetzt räum ich datt hier erst mal alle inne Schränke.

LORE:
Weg damit, Mutter! Das brauchst du doch nicht mehr.

OMA:
Damit geh ich im Sommer auffen Flohmarkt. Oder nache Caritas. Elend is immer.

BETTY *und* LORE *verlassen* OMAs *Wohnung.* OMA *ruft ihnen nach.*

OMA:
Waffeln oder Reibekuchen?

Zack, die Tür ist schon zu.

BETTY *(ruft)*:
Waffeln!

OMA *nimmt sich den Müllsack vor, holt alles wieder raus, verstaut es in den Schränken.*

BETTY *zieht sich Jeans und T-Shirt an, unten klingelt das Telefon.*

LORE:
Rittberger. Wer?
Duuuuu?
Ja, da bin ich platt.

Flur Lore — Innen/Tag

LORE *in schmuddeligem Overall, sie muß sich setzen.* BETTY *kommt die Treppe herunter, sieht und hört ihr zu.* LORE *verdreht schwärmerisch die Augen.*

LORE:
Na ja… ich dachte. Na hör mal, wenn du dich vier Wochen nicht meldest! Was? Mit wem?

Sie hält den Hörer vom Ohr weg.

Betty, hatte ich ein Verhältnis mit Jochen?

BETTY:
Wer ist Jochen? Der mit den Gesundheitsschuhen und der doofen Brille?

LORE, *ungeduldig, wieder ins Telefon.*

LORE:
Ach.
Karl? Nein, Betty sagt es auch, nix mit Jochen, du bist wohl verrückt. Wie kommst du bloß immer darauf?

Jetzt verdreht BETTY *die Augen. Sie geht an* LORE *vorbei, wieder in den Keller.*

BETTY *kramt weiter in den Regalen, findet alte Spiele, die sie zum Wegwerf-Haufen legt, einen Roller, sie rollert ein bißchen, Mäntel, Jacken – alles wird einmal angezogen. Aus* OMAS *Wohnung tönt Gesang von Peter Alexander.* LORE *kommt singend und vor Vergnügen krähend die Treppe zum Keller runter.*

LORE:
Turaluraluralu
Ich mach bubu, was machst du?
Schöne warme weiche Frau
Ich erinner mich genau!
Turaluraluralu . . .

Sie sieht BETTY, *packt sie bei den Schultern, dreht sie im Kreis.*

Das war KARL! Mein KARLCHEN!

BETTY:
Der mit den roten Haaren im Waschbecken, ey?

LORE *tänzelt herum, macht ein Glas Eingemachtes auf, nascht, saut sich den Overall voll.*

LORE:
Nein, nein, nein, Karlchen mit den goldenen Augen und der Pfirsichhaut!

BETTY:
Ich werd nicht mehr, echt. Ich denk, die Männer können dich alle mal?

LORE:
Ja, aber KARL doch nicht! Betty, also daß du da keinen Unterschied siehst?!

BETTY:
Die sind doch alle gleich bescheuert. Bis auf meinen Roberto.

LORE:
Hat Karl etwa Gesundheitsschuhe, wie Jochen?

BETTY:
So genau hab ich mir den Opa nicht angeguckt.

LORE:
Was seid ihr bloß für Kinder heutzutage. Du bist doch auch verliebt, oder?

BETTY:
Deswegen mach ich doch nicht so 'n Zirkus wie du. Und ich hab nicht jede Woche einen andern.

LORE:
Aber wenn du ihn siehst...

Sie faßt sich ans Herz, schlägt ganz schnell mit der Hand drauf.

...macht es dann hier nicht bumm bada bumm bada bumm bada bumm oder so was?

BETTY:
Nö.

LORE *(verzweifelt)*:
Was bist du bloß für ein Kind! Aus Marmor, Stein und Eisen nicht, *(singt)* denn Marmor, Stein und Ei-hei-sen bricht...

OMA *kommt aus ihrer Wohnung.*

OMA:
Ihr macht ein Radau!

BETTY:
Ich nicht. Sie.

OMA:
Und warum schon wieder?

BETTY:
Oma, wie du den Opa angeguckt hast, früher, hat es da...

Sie schlägt sich leidenschaftslos auf die Herzgegend.

...bumm bada bumm bada bumm oder ähnlich gemacht?

Oma:
Um Gottes willen, ich war ja immer froh, wenn ich den NICHT sehen mußte.

Betty *(triumphierend zu Lore)*:
Siehste. Du bist es, die hier nicht normal ist.

Oma:
Um Himmels willen, sag bloß, es macht schon wieder bumm bada bumm bada bumm bei dir, Lore, datt kenn ich doch, datt endet immer mit einem Drama.

Lore:
Du sagst es, Herzensmütterlein, und darum brauch ich jetzt dieses Abendkleid wieder zurück, jetzt endlich brauch ich es, ich geh nämlich mit Ka-har-harlchen auf den Bu-hun-des-presse-ba-hall!

Sie singt und wirbelt herum.

Oma:
Datt hab ich doch schon abgeschnitten.

Lore:
Du hast was?

Betty:
Dabei trag ich's sowieso nicht!

Oma:
Ich wollt mir da 'ne nette Kittelschürze draus machen un aussem Rest ein Schälchen. Für ummen Hals zu mein blaues Kostüm.

Lore *setzt sich auf einen Koffer.*

Lore:
Da hängt das Ding monatelang im Schrank, und ich brauch's nicht, und dann...

Oma:
Was willst du denn überhaupt auffem Bundespresseball, ausgerechnet du. Bei dieser Regierung!

LORE:
Presse sind alle. Auch die andern. Und das ist jetzt auch gar nicht das Thema, was mach ich bloß?

OMA:
Von wegen, Presse sind alle, die wissen schon, wen se einladen, da steht der Ost aber persönlich anne Tür un is am filzen.

BETTY:
Die schreiben doch sowieso alle nur ewig dasselbe.

LORE:
Da lädt mich einmal, endlich! ein Kerl auf einen Ball ein, einen Ball! Und was ist? Ich hab nix anzuziehen.

OMA:
Dabei hassen ganzen Schrank voller Plörren.

BETTY:
Wenn der dich heute erst einlädt, dann bist du sowieso bloß der Ersatz, weil ihm eine abgesprungen ist.

OMA:
Genau. Ich kenn doch die Männer.

LORE *(leicht unsicher)*:
Nein, er hat gesagt, er wollte erst gar nicht gehen, aber wenn ICH mitkäm, dann würde er.

BETTY:
Dabei kannst du doch gar nicht tanzen.

OMA:
Hör doch auf, ich kenn die Männer. Dem ist eine ausgefallen, un dafür springst du! Räum lieber den Keller fertig auf, wie datt hier aussieht!

LORE *wird plötzlich wütend und schreit.*

LORE:
Ich denk, den hättest du neulich aufgeräumt, verdammt noch mal?!

Oma *(schreit auch)*:
Ich darf ja immer nix wegschmeißen, jetzt komm mir bloß nicht so!

Betty:
Überhaupt, auf einen Ball! Was willst du denn da? Geh lieber in die Disco!

Lore:
Mit Karl in die Disco! Du kennst Karl nicht!

Betty:
Da kann sich ja auch keiner mehr auskennen. Wenn es der mit den roten Haaren im Waschbecken ist, der kann sowieso nicht tanzen. Noch weniger als du. Das seh ich.

Oma:
Bundespresseball, wenn ich das schon höre. Und was machste, wenn der Geißler neben dir sitzt?

Lore:
Er wird nicht neben mir sitzen, weil ich ja kein langes Kleid hab.

Betty:
Wo ich ein langes Kleid brauch, da würd ich sowieso nicht hingehen.

Oma:
Ich hab Waffeln gebacken. Eß lieber Waffeln. Da kriegste höchstens Kartoffelsalat mit billige Würstchen, datt sintoch alles Hungerleider.

LORE *kommt aus dem Keller in* OMAS *Wohnung, gefolgt von* OMA *und* BETTY.

OMA:
Also ich versteh dich nich! Wegen ein Kleid!

BETTY:
Du hast doch lauter indische Fummel, so Flatterscheiß, zieh das doch an.

Weiter entfernt: ein Telefon.

OMA:
Telefon.

BETTY *rennt hoch, telefoniert oben, man hört es, versteht aber nicht, was sie sagt.*

LORE:
Mußtest du das auch gleich zerschneiden, Mensch.

OMA:
Datt stand dir doch sowieso nich. Datt hättest du nie im Leben angezogen. Spillerig, wie datt war. Un watt is datt überhaupt fürm Karl, muß ich den kennen?

LORE:
Mußt du nicht.

OMA:
Is datt der, wo ich Zitronenrolle gemacht hab, un dann hatter hinternander vier Stück gegessen un dann war ihm schlecht?

LORE:
Das war William.

OMA:
Dann waret der, der mir ma nackend auffen Flur begegnet is, wie ich am Treppeputzen war.

LORE:
Erstens warst du nicht am Treppeputzen, sondern du standst hinter der Tür, um zu lauschen...

OMA:
Gar nicht wahr! Ich hatte den Eimer schon inne Hand!

LORE:
...zweitens war er nicht nackend...

OMA:
Warer wohl!

LORE:
Warer nicht, er hatte ein Unterhemd an...

OMA:
Aber unten nix.

LORE:
Und warum kuckst da unten hin? Und drittens war es Danilo.

OMA *schlägt die Hände über dem Kopf zusammen.*

OMA:
Datt muß man sich mal vorstellen, da hasse soviel Kerle, un wennze ein brauchst, is keiner da, un ausgerechnet mit diesen willze ausgerechnet auffen Ball von ausgerechnet diese Regierung un brauchst ausgerechnet datt Kleid, watt ich gerade abgeschnitten hab!

Sie tippt sich an die Stirn.

Du bist doch bekloppt.

LORE:
Warum bist ausgerechnet du eigentlich meine Mutter?

OMA:
Weil der Oppa mich in ein schwachen Moment überlistet hat.

BETTY *kommt die Treppe wieder runter. Sie grinst infam.*

BETTY:
Dein Karl.

LORE *will ans Telefon.*

LORE:
Warum, was will er?

BETTY:
Brauchste nicht mehr hinzugehen. Der Ball fällt aus.

OMA *lacht hämisch.*

OMA:
Tü-pisch!

Ein giftiger Blick von LORE *läßt sie verstummen.*

LORE:
Ball fällt aus?

BETTY:
Er geht nicht. Irgendwas mit seinem Vater, krank oder Unfall oder so was. Oder der ist plötzlich farbenblind geworden oder was ...

Sie kichert.

... jedenfalls, mit dem Vater ist was, und er geht nicht auf den Ball.

LORE:
Das darf nicht wahr sein. Und warum sagt er mir das nicht selber?

OMA:
Gewissen! Schlechtes Gewissen! Stimmt doch nie im Leben! So plötzlich – da wird die andere wieder zugesagt haben, und jetzt braucht er dich nicht mehr. Der hat wahrscheinlich gar keinen Vater.

LORE:
Das haben wir gleich.

Sie geht wütend rauf, man hört sie telefonieren.

OMA:
Dazu wär ich ja zu stolz. Den Kerl auch noch anrufen.

BETTY:
Jetzt wird's heavy, paß auf, Oma, jetzt geht der Punk ab.

LORE *kommt die Treppe wieder heruntergerannt, packt sich* BETTY, *schüttelt sie.*

LORE:
Weißt du was? Am liebsten würde ich dir jetzt eine schmieren, aber leider darf man das ja angeblich nicht. Scheiß antiautoritäre Erziehung!

OMA:
Wenn ich dir früher eine geschmiert hab, hat es dir auch nicht gepaßt.

LORE:
Du halt dich raus.

OMA:
Aber auch nicht geschadet.

BETTY:
Was denn, ey, ich hab's ja bloß gut gemeint, wenn du sowieso kein Kleid hast...

LORE:
Und wie steh ich da? Ich schrei den an und er weiß von nix, und seinen Vater hat er nicht mal gekannt!

OMA:
Watt hab ich gesacht! Ich ahn sowatt. Datt sind ja noch schönere Zustände als bei uns, un mit so einen willst du auffen Bundespresseball? Darf der da überhaupt rein? Prüft da keiner die Familienverhältnisse? Nä, watt Zustände alle.

OMA *verläßt das Zimmer, kramt nebenan.*

LORE:
Was hast du dir dabei gedacht, hm? Und ich schrei den an! Ausgerechnet Karl, der so was von empfindlich ist!

BETTY:
Ich dachte, dann biste den wenigstens los und den beknackten Ball auch.

LORE:
Jaja, denkt nur alle für mich.

OMA *kommt mit einem langen Kleid in der Hand herein.*

OMA:
Kennste das noch?

LORE:
Ist das etwa mein Schlußballkleid?

OMA:
Hab ich verwahrt. All die Jahre. Ich schmeiß so schnell nix weg, ich denk immer, wer weiß, wozu man datt noch brauchen kann.

BETTY *nimmt* OMA *das Kleid aus der Hand, posiert damit vor dem Spiegel, dann reicht sie es ihr zurück.*

BETTY *(angewidert)*:
Bäh! Damit würd ich nicht mal im Dunkeln aufs Klo gehen.

OMA:
Im Dunkeln geht man auch nich auffem Klo, un außerdem isset ja bloß fürm Bundespresseball.

BETTY:
Das paßt der doch überhaupt nicht mehr.

LORE:
Ihr wollt mir einfach alle nichts gönnen.

OMA:
Ich hole datt Kleid extra ausse Kiste, weil ich dir watt gönn! Obwohl ich ehrlich gesagt nich weiß, watt ausgerechnet du auffen selben Ball rumspringen willz wie Helmut Kohl un Norbert Blüm, datt gibt doch wieder Ärger.

LORE *(düster)*:
Ihr habt ja recht. Und Karl ist sowieso sauer. Weil ich ihn so angeschrien hab, ist ihm jetzt schlecht oder irgend so was.

OMA *(aufgeregt)*:
Jetzt weiß ich et!

LORE:
Was weißt du?

OMA:
Woher ich den kenn!

LORE:
Sag ich doch, du kennst den.

BETTY:
Rote Haare, ey, und bis hier runter, das trägt doch kein Mensch mehr heute. Und mit so was geht meine Mamma. Hat der eigentlich auch Gedichte geschrieben?

OMA:
Nein, der hat doch Dampfkochtöpfe verkauft.

LORE:
Ach was, der ist Sonderschullehrer.

OMA:
Nie im Leben. Der hat Dampfkochtöpfe verkauft, und ich kann mich jetzt genau erinnern. Na warte.

Sie läuft aus dem Zimmer, BETTY *und* LORE *sehen sich ratlos an.*

BETTY:
Hat Oma einen an der Hacke?

Oma *ächzt die Treppe von ihrer Wohnung hoch, sie trägt den alten Dampfkochtopf.* Lore *ruft aus dem Schlafzimmer.*

Lore:
Mutter, back jetzt deine Waffeln, ich kann's brauchen. Und das alte Ballkleid, gib's dem Onkel fürs Elend.

Oma:
Dem Onkel fürs Elend geb ich ganz was anderes. Der is dran. Mir dreht der so 'n kaputten Pott an. Is zwar schonnen paar Jahre her, aber ich bin ja nich auffen Kopf gefallen.

Sie knöpft ihre Jacke zu, öffnet die Haustür.

Lores Schlafzimmer Innen/Tag

BETTY *und* LORE *wie vorhin.*

OMA *(vom Flur)*:
Der muß ja hier inne Gegend noch rumlungern mit sein Elend. Der repariert mir den Pott, oder er bringt Ersatz her, datt sag ich euch. Sonz lernt er aber ma, watt Elend is.

Man hört die Haustür ins Schloß fallen.

LORE:
Betty, wir machen morgen weiter mit dem Keller. Ich kann heute nicht mehr.

BETTY:
Bist du jetzt total down, wegen dem blöden Kerl?

LORE:
Nein. Ich werd mit meinem kanadischen Holzfäller einen trinken gehen. Da kommt wenigstens Freude auf.

BETTY *öffnet die Balkontür und geht hinaus. Von dort aus kann man auf die Straße sehen. Da steht* OMA, *hat* LÖHLEIN *bei der Jacke gepackt, droht mit dem Topf.*

OMA:
In zwei Wochen liefern Sie den heil hier ab. Und wehe, wenn nicht! Meine Tochter hat Beziehungen zur Regierung, höchste Kreise, die kennt den Blüm und den Geißler und sogar welche vonne CSU, da kriegen Sie aber kein Bein mehr auf den Boden, Sie Elend, Sie!

ENDE

Folge 3

Ritsche-ratsche

Küche Lore **Innen/Tag**

Betty *rührt sich ein Müsli an. Aus dem Badezimmer ertönt lauter Gesang,* Lore *schmettert italienische Opernarien. Man hört die* Oma *hochkommen, schnaufend.*

Oma:
Huhu! Ich binnet.

Betty *verdreht die Augen, setzt sich, löffelt Müsli.* Oma *haut vor die Badezimmertür.*

Bisse am singen, Lore?

Lore:
Ach, hört man das?

Oma:
Immer patzige Antworten, seit vierzig Jahre nix wie patzige Antworten.

Oma *kommt in die Küche, zu* Betty.

Oma:
Morgen, Kind. Habt ihr die Zeitung schon durch?

Betty:
Ich les keine Zeitung.

Oma:
Schlimm genug. In deinem Alter muß man wissen, was in der Welt los ist.

Betty:
Was soll schon los sein, jeden Tag dasselbe, interessiert mich null.

Oma *setzt sich an den Tisch, nascht irgendwas.*

Oma *(entrüstet)*:
Jeden Tag dasselbe! Du hasse ja wohl nicht alle. Jeden Tag was Neues, neulich hießet, die Jungfrau Maria wär nu doch gakeine Jungfrau gewesen, dann hamse ein Affe in Rußland lesen beigebracht, dann hamse gezz aus Altpa-

pier Schnaps gemacht – oder nä – andersrum, aus Schnaps Altpapier, ach, ich weiß es nich, is ja aber auch egal, irgendwie eben, un zwei Schwule haben ein Kind gekriegt.

BETTY:
Und so 'n Scheiß soll ich lesen, ey? Da freß ich extra hier Müsli, damit ich gesund bleib, und dann soll ich diesen Schrott in meinen Kopf tun, ich hab doch keinen an der Waffel, ey.

OMA:
Waffeln müßt ich auch mal wieder backen.

BETTY:
Wieso können zwei Schwule ein Kind kriegen?

OMA:
Siehste, jetzt willste datt doch wissen. Für sowatt liest man Zeitung. Dann weiß man datt.

BETTY:
Die schreiben da auch viel rein in ihre Zeitung, wenn der Tag lang ist. Denen glaub ich schon sowieso nix.

OMA:
Ach, red doch nich. Wer sich garnich auskennt, kann garnix glauben un kann auch garnich nix glauben, weil er garnix weiß.

LORE *kommt rein, nasse Haare, im Bademantel, noch trällernd. Sie hat die letzten Worte gehört. Sie wirft eine nasse Zeitung auf den Tisch, die* BETTY *mit spitzen Fingern wegschiebt.*

LORE:
Philosophie am Morgen, Kummer und Sorgen.

OMA:
Im Gegenteil. Aber wer morgens schon singt, der frißt mittags die Katze oder wie das heißt.

BETTY:
Haste die Zeitung wieder in die Wanne geschmissen, bäh!

OMA:
Was regste dich denn auf, du liest sie ja sowieso nich. Aber mir gegenüber ist datt gemein. Jeden Samstag, wenn du badest, krieg ich die Zeitung naß. Seh ich doch garnich ein.

LORE:
Wenn's nach dir ging, müßte ich ja sowieso Herz mit Krone oder so was abonnieren. Wenn du meine Zeitung lesen willst, mußt du sie eben naß lesen.

OMA:
Man kann die doch hochhalten in der Wanne!

LORE:
Dann werden aber die Fingernägel nicht sauber.

LORE *bricht sich ein Stück Brot ab, matscht Marmelade drauf, klekkert und krümelt alles voll,* BETTY *wischt aufjaulend hinter ihr her.* OMA *nimmt die Zeitung, betrachtet sie mit spitzen Fingern.*

OMA:
Manchmal mein ich, datt machst du alle bloß, um mich zu ärgern.

LORE:
Aber welches schreckliche Kind käme denn auf SO eine Idee? «Wenn du noch eine Mutter hast, so danke Gott und sei zufrieden, nicht jedem ist auf dieser Welt ein gleiches hohes Glück beschieden.»

Zu BETTY*:*

Das gilt auch für dich, Betty.

BETTY:
Ich versteh kein Wort.

OMA:
Auch wenn du mein Kind bist, Lore, es gibt viel, watt 'ne Mutter an ihr eigenes Kind nich leiden kann. Wennze so ironisch wirst, zum Beispiel. Kann ich auffem Tod nich haben.

LORE:
Aber wo bin ich denn ironisch!

OMA *(weinerlich)*:
Mir gehtet nämlich garnich gut heute, un da kann ich keine Witze haben.

BETTY:
Was ist denn los, Oma? Haste wieder geträumt von deinem Adenauer?

OMA:
Mein Blutdruck. Der ist wieder viel zu hoch.

LORE:
Dafür gibt es so nette junge Männer, die alle Medizin studiert haben, aber ich sag ja schon gar nichts mehr.

OMA *(schreit auf)*:
Ich! Ich geh doch zu kein Arzt! Da wird man erst krank. Der Oppa war einmal in sein Leben bei ein Arzt, und vier Wochen später warer tot.
Sie schaut hoch zur Decke.
Nä, Fritz?

LORE *nimmt sich aus dem Abwasch einen Löffel, probiert in* BETTYS *Teller herum,* BETTY *ist empört.*

BETTY:
Iiiih! Laß das! Das ist mein Müsli, ich kann das nicht haben, diese Rummatscherei in meinem Teller.

LORE *(kauend)*:
Das schmeckt ja abartig.

OMA:
Alles gesunde Körner, sowatt solltest du auch mal essen.

LORE:
Nun bin ich ja kein Huhn. Oder?

OMA:
Weiß man bei dir oft nicht.

Lore *löffelt weiter,* Betty *schiebt wütend den Teller zurück.*

Betty:
Wie ich das dick hab, ey, ich eß nicht mehr weiter, wenn du dadrin rumsabberst.

Lore:
Nun hab ich ja nichts Ansteckendes, Herzenskind.

Oma:
Weiß man datt? Bei deine wechselnden Herren mit all ihre Pickel!

Lore:
Ach, apropos Herren, ich bin heute den ganzen Tag weg, kann auch spät werden.

Oma:
Du arbeitest wohl überhaupt nix mehr.

Lore:
Im Gegenteil. Ich muß einen netten italienischen Dichter, dessen herzzerreißende Biographie ich übersetze, durch unsere schöne Stadt führen.

Oma:
Und wo wär da die Arbeit?

Lore *(auf italienisch)*:
Indem wir uns kennenlernen und indem mein Herz weiß, wie sein Herz denkt, und weil ich ihn dann besser übersetzen kann – *(auf deutsch)* aber das wirst du jetzt nicht verstehen.

Oma *(beleidigt)*:
Ich kann kein Ausländisch. Was hat sie gesagt, Betty?

Betty:
Woher soll ich denn das wissen.

Oma:
Ich denk, dein Roberto ist Italiener?

BETTY:
Der kann kein Italienisch, nur seine Eltern. Der ist doch in Freising geboren.

LORE *wirbelt aus dem Zimmer, kommt mit einem Arm Wäsche zurück, den sie* OMA *in den Arm drückt.*

LORE:
Bügelst du nicht mal zufällig wieder, Mütterlein?

Trällernd läuft sie wieder raus.
OMA *schreit hinter ihr her.*

OMA:
Als ob Bügeln bei dir en Sinn hätte! Du brauchst 'ne Bluse bloß von weitem einmal ankucken, dann isse schon wieder knubbelig!

BETTY:
Ich geh jetzt, mir ist das hier zu stressig.

OMA *(flüstert)*:
Warum singt die so, am frühen Morgen? Ist die etwa schon wieder verliebt?

BETTY:
Ich glaub, ja. Da ruft jeden Tag so 'n Olm an, und der schickt ihr auch Gedichte.

OMA:
Himmel hast du keine Flinte! Hört datt denn nie auf, die mit ihre dösigen Dichter! Auffe Knie würd ich nach Lourdes rutschen, wennse einmal, nur ein einziges Mal mit ein netten Versicherungsvertreter oder ein Arzt oder ein geflechten Anwalt daherkäm, aber nein – immer diese Hungerleider mit Gedichte, die kein Mensch versteht un die sich nicht mal reimen. Und ausländisch auch noch...

BETTY *stöbert auf dem Schrank herum, findet einen Brief.*

BETTY:
Hier, hör dir das an, Oma:

Sie flüstert pathetisch.

«Zwischen zwei Espressos schminkt sich der Mittag.»

OMA:
So 'n Quatsch. Wie soll datt denn gehen?

BETTY:
«Er steht nackt in seiner Garderobe und scherzt.»

OMA:
Bäh! Typisch! Nackend!

BETTY:
«Jetzt aufstehen. Die Arme ausbreiten.
Dann tritt SIE aus den Wäldern.
Zuversichtlich und eine Flasche
Rotwein im Arm.»

OMA:
Datt is wenigstens mal ein wahres Gedicht, jetzt bedichtense schon unser Lore, mit Rotwein im Arm inne deutschen Wälder, man muß sich schämen. Hoffentlich schickt der datt Gedicht nich am Tageblatt, für die Wochenendbeilage, mit 'ner Widmung für unser Lore.

BETTY:
So ein Stuß, ey. Und das schreibt der der, und sie singt! Wenn der Roberto mir so 'n Gedicht verbrechen würde, wär aber schwer Inferno angesagt...

Sie liest weiter vor, LORE *kommt im Unterrock reingetänzelt, macht sich einen Träger noch mit einer Sicherheitsnadel fest, die Haarbürste zwischen den Zähnen, sie zitiert mit, soweit es die Haarbürste zuläßt.*

BETTY/LORE:
«Die Hügel ebnen sich. Wir erreichen eine große Stadt.
Der Abend wird eingetrunken.»

OMA:
Typisch! Jetzt steht datt schon inne Gedichte!
Und watt hasse widdern fürm zammeligen Unterrock an?

LORE:
Ich wußte weder, daß ihr meine Post lest, noch daß ihr euch für Lyrik interessiert, wie schön!

BETTY *schmeißt den Brief auf den Schrank.*

BETTY:
Lyrik! Wenn das Lyrik ist, dann bin ich Rumpelstilzchen.

LORE:
Du BIST Rumpelstilzchen, mein Engelchen, so wie du jetzt aussiehst mit deiner bescheuerten Frisur und deinen Modeklamotten, genauso hab ich mir Rumpelstilzchen immer vorgestellt.

Sie kämmt sich überm Küchentisch, daß die Haare fliegen.

BETTY:
Die Haare gehen dir aus. Kämm dich im Bad, ey, echt, so eine Schweinerei.

LORE:
Warum gehst du nicht ins Kloster, Betty? Andere Kinder machen ihren Eltern Freude und gehn ins Kloster.

OMA:
Du hast so 'n braves Kind wie unser Betty garnich verdient.

LORE:
Ach, Betty, du braves Kind, hol dir dein Taschengeld aus meiner Handtasche. Die liegt im Bett, glaub ich.

BETTY:
Im Flur liegt sie. Auf dem Boden, wo du sie heute nacht hingeschmissen hast.

LORE:
Und da hast du sie immer noch nicht weggeräumt?
Du wirst mir doch nicht krank?

Sie legt BETTY *die Hand auf die Stirn, wie um Fieber zu messen.* BETTY *stemmt die Arme in die Hüften.*

BETTY:
Also echt, ich möcht mal wissen, wieso alle eine normale Mutter haben, die ansagt, was Sache ist, und bloß bei uns geht derart tierisch das Chaos ab. Warum bist du nicht normal wie andere Mütter?

LORE:
Mein Gott, wenn dich unser Bundeskanzler so hören könnte, der hätte seine helle Freude an dir.

OMA *futtert den Rest Müsli.*

OMA:
Der hat schon wieder achtzehn Kilo abgenommen, nur mit alte Brötchen. Wenn ich alte Brötchen eß, nehm ich zu. Wird man von dies Müsli dünner?

LORE:
Im Gegenteil, immer dicker. In Ohio ist mal 'ne Frau an Haferflocken geplatzt.

BETTY *geht auf den Flur.*

OMA:
Wo?

LORE:
Kann auch in Dortmund gewesen sein.

BETTY *kommt zurück mit zwanzig Mark und einer grünen Punkperücke, die sie sich überstülpt.*

BETTY:
Kohle hab ich gebunkert, Mamma, ich geh dann jetzt.

LORE:
Komm mal her.

LORE *sitzt am Tisch und schneidet sich die Fußnägel, putzt sich die Nase am Unterrock ab. Widerstrebend geht* BETTY *zu ihr.* LORE *umfaßt sie, klatscht ihr einen dicken Kuß auf die Wange, hinterläßt Lippenstift, den* BETTY *angewidert abwischt.*

Wo gehst du hin, mein Herz?

BETTY:
Mit Roberto auf ’ne Fete.

OMA:
Und dafür musse widder diese ekligen Haare aufsetzen?

BETTY:
Ist ’ne Punkfete.

OMA:
Jetzt am Morgen schon?

LORE:
Wie niedlich. Paß auf dich auf, küß keine Kröten, kommen nämlich nicht immer Königssöhne raus.

BETTY *(geht)*:
Haha.

OMA*(kräht)*:
Da kennt sich deine Mutter aus! Watt die nich schon alle umsonz geküßt hat!

LORE *wirft ihrer Mutter einen tief mitleidigen Blick zu, den* OMA *aber gut pariert.*

OMA:
Watt is mit diesen Dichter?

LORE:
Nix! Vorbei! Der Italiener ist viel schöner. Mandelaugen!

Sie zieht sich schräge Augen mit den Fingern.

Vor dem Haus Außen/Tag

Später Nachmittag. Oma *sitzt in Kittelschürze mit Handfeger und Schaufel vor der Haustür auf einer Treppe oder einem Mäuerchen. Ein R4 fährt vor: SCHLÜSSELDIENST HUMPE. Der Mann vom Schlüsseldienst steigt aus, kommt mit Werkzeugkasten auf die Tür zu.*

HUMPE:
Haben Sie angerufen?

OMA:
Meinse, ich sitz aus Jux und Dollerei hier.

HUMPE *zeigt auf die Haustür.*

HUMPE:
Die da?

OMA:
Die da. Ich war bloß mal kurz draußen, den Weg fegen, peng, haut die Tür zu, und natürlich kein Mensch zu Hause, meine Tochter treibt sich wer weiß wo rum, und meine Enkelin is auf irgendne Fete.

HUMPE, *der sich an der Tür zu schaffen macht, schaut sie blöde an.*

HUMPE:
A wos?

OMA:
Bei meiner Tochter ist das richtig krankhaft. Wenn die nicht verliebt ist, ist sie sofort krank und liecht inne Betten und heult. Sind Sie auch so?

HUMPE:
Wenn ich was brauch, geh ich ins Puff.

OMA:
Das hat doch nix mit Liebe zu tun.

HUMPE:
Das ist mir Wurscht. Auf die Liebe ist geschissen.

HUMPE *fummelt am Schloß herum.*

OMA:
Zerkratzense mir ja nicht die Tür. Wo haben Sie überhaupt Ihren Ausweis?

HUMPE:
Was für 'n Ausweis?

OMA:
Da kann ja jeder kommen und einfach «Schlüsseldienst» auffem Kraftwagen schreiben und mitten Dietrich inne Tür rumfummeln und dann de Teppiche rausholen. Braucht ma da kein Ausweis für, so 'ne Extra-Genehmigung?

HUMPE:
Frau, Sie haben mich angerufen. Ich steh im Telefonbuch.

OMA:
Hat mich schon 20 Pfennig gekostet.

HUMPE:
Soll ich jetzt die Tür aufmachen oder nicht?

OMA:
Wenn meine Enkelin endlich nach Hause käm, wär das nicht nötig. Also machense voran, flott. Un nich die Tür zerkratzen.

HUMPE:
Die ist ja schon zerkratzt. Da, da, da!

OMA:
Warum is auffe Liebe geschissen?

HUMPE:
Auf die Weiber ist kein Verlaß. Meine ist mir weg mit einem Tanzlehrer.

OMA *denkt nach.*

OMA:
Und jetzt lebense ganz alleine? Einkaufen, Bügeln, Kochwäsche schleudern, alles ganz alleine?

HUMPE:
Du sagst es, Omi. Moment, das Schloß ist überhaupt nicht sicher, da kann ja jeder rein.

OMA:
Ich nich. Datt sehnse ja.

Er geht zu seinem Wagen, OMA *denkt nach, macht sich auch selbst an der Tür zu schaffen. Dabei passiert ihr ein dicker Kratzer im Holz.* HUMPE *kommt wieder.*

OMA:
Huch, da hamse schon en Kratzer gemacht.

HUMPE:
Gar nicht wahr, ich mach nie Kratzer, ich hab seit zwölf Jahren Schlüsseldienst und nie ein einziger Kratzer, Humpe arbeitet sauber.

OMA:
Aber kuckense doch, da...

HUMPE:
Der Kratzer war schon.

OMA *(triumphierend)*:
Der war eben nicht!

HUMPE:
Doch, Frau.

OMA:
Geht Ihr Geschäft gut?

HUMPE:
Solange die Leute so dämlich sind und dauernd die Türen zuschmeißen oder die Schlüssel verlieren, ja.

Die Tür geht auf.

HUMPE:
Stehste vor der zuen Tür, Humpe naht und öffnet dir. Macht fünfundneunzig Mark.

OMA *(entgeistert)*:
Was?

HUMPE:
Fünfundneunzig. Bar auf die Hand.

OMA:
Ich denk nicht dran. Sie machen einmal Ritsch, und dafür fünfundneunzig Mark! Sie sind ja wohl verrückt.

HUMPE:
Frau, ich bin hergefahren, ich muß zurückfahren, ich hab die Werkzeuge, die Erfahrung, ich...

OMA:
Und der Kratzer?

HUMPE:
Nicht von mir.

OMA *(tiefste Verachtung)*:
Ihr Männer seid doch alle gleich.

Dann lächelt sie kokett.

Bei solchen Preisen muß Ihr Geschäft ja wirklich toll gehen. Warum machen datt nicht mehr Leute, gibt doch soviel Arbeitslose.

HUMPE:
Fünfundneunzig Mark. Bar. Mit Rechnung wird's teurer.

OMA:
Nur über meine Leiche. Für einmal Ritsch...

HUMPE:
Los jetzt, Oma, sonst krieg ich einen Anfall, und dann steht morgen in der Zeitung: Alte Frau grauenhaft zugerichtet in Vorgarten aufgefunden.

OMA:
Ich hab keine Angst. Sie kannten meinen Mann nicht. Ich hab vor nix mehr Angst. Und fünfundneunzig Mark, das sind bei Aldi fast hundert Packungen Roggi Knusperbrot, und datt für einmal Ritsch – ich denk ja gar nicht dran.

HUMPE:
Ich hab nicht ewig Zeit. Sie zahlen jetzt sofort meine Arbeit.

OMA:
Und Sie tragen meine fünfundneunzig Mark ins Bordell! Nix! Tür zu!

HUMPE:
Was?

OMA:
Wie ich es sag: Tür wieder zu.

HUMPE:
Sind Sie noch normal?

OMA:
Als ob Sie wüßten, was normal ist. Ich weiß nur, datt ich mir für fünfundneunzig Mark lieber hundert Packungen Roggi Knusperbrot bei Aldi kauf als wie ich se in Ihr Bordell steck. Schluß jetzt, Tür zu, lieber sitz ich hier, bis ich schwarz werd.

HUMPE *(tritt nahe)*:
Oma, ich warn dich.

OMA *zieht mit energischem Griff die Tür zu.*

OMA:
Sie haben schlechte Zähne. Sind Sie nicht in der Krankenkasse? Kein Wunder, daß Ihre Frau weggelaufen ist.

HUMPE:
Und jetzt?

Er zeigt fassungslos auf die Tür.

OMA:
Und jetzt wart ich hier, bis meine Tochter oder meine Enkelin kommen, und die schließen dann auf und es kostet gar nichts.

HUMPE:
Und ich?

OMA:
Und Sie, und Sie, Sie fahren wieder nach Hause und gehen zu einem gescheiten Zahnarzt, da oben ist ja alles schwarz.

HUMPE *(schreit)*:
Sie haben mich angerufen, ich hab hier gearbeitet, ich...

OMA:
Und? Ist die Tür etwa auf?

HUMPE:
Nein, aber...

OMA:
Also. Ksch, ksch.

Sie scheucht ihn weg, wie man ein Huhn scheucht. HUMPE *geht, steigt in seinen Wagen, flucht.*

HUMPE:
Das hat ein Nachspiel, Frau, das sag ich Ihnen.

OMA:
Na, da bin ich aber gespannt. Wofür denn? Für 'ne zue Tür?

Sie droht schelmisch mit dem Finger. HUMPE *fährt wütend ab.*

Vor dem Haus — Außen/Nacht

Tiefe Nacht. Mond, Sternlein. Verlassene Straße.
OMA *sitzt an die Haustür gekauert, Handfeger und Schaufel fest umklammert, sie schnarcht.*
Mit dem Moped kommt BETTY *angefahren. Sie stellt ihr Moped ab, nimmt den Helm ab, zieht die grüne Perücke ab, geht zur Haustür. Dann erst sieht sie* OMA.

BETTY:
Ey, Oma. Mensch! Was machst du denn hier?

OMA *erwacht, gähnt.*

OMA:
Wie spät isses?

BETTY:
Zwei oder so.

OMA:
Kannst du mir mal erklären, wo du um zwei Uhr nachts herkommst?

BETTY:
Du hast ja wohl hier draußen nicht auf mich gewartet?

OMA:
Was denn sonst?

BETTY:
Du hast hier auf mich...?

OMA:
Ja, denkste, ich sitz hier wegen diesen Mond, oder watt?

BETTY:
Und Mamma?

OMA:
Nicht da. Wie immer. Einer muß ja auf dich drauf aufpassen. Hilf Omma hoch.

BETTY *hilft ihr beim Aufstehen. Dann schließt sie die Tür auf.* OMA *nickt zufrieden.*

So isset schön. Ritsch, ratsch, und kein Pfennig.

BETTY *sieht sie verständnislos an.*

BETTY:
Oma, biste sicher, daß du noch voll im grünen Bereich bist, ich meine, da oben, tickst du da noch total sauber, oder was?

Sie gehen ins Haus.

OMA:
Erzähl mir lieber, wieso ein Mädchen in deinem Alter nachts um zwei Uhr nach Hause kommt. Du brauchst deinen Schlaf.

BETTY:
Und du? Andre Omas legen sich um acht aufs Ohr, wieso sitzt du da draußen rum? Ich pack's nicht, echt.

OMA:
Du gehst jetzt in dein Bett und ich in meins, und morgen reden wir. Soll ich dir noch 'n Bütterchen schmieren?

BETTY:
Bäh.

Sie geht rauf in ihr Zimmer.

Nacht.

OMA:
Nacht.

Sie macht noch ein paarmal mit sehr zufriedenem Gesicht die Haustür auf und zu. Alles kostenlos!

Abgedunkeltes Zimmer, Lore *liegt im Bett, unter der Bettdecke, eingerollt. Unbeschreibliches Durcheinander im Zimmer – aus offenen Schubladen quillt die Wäsche, Kleider und Schuhe auf dem Fußboden, leere Gläser, Bücher, vertrocknete Blumen. Die Vorhänge sind geschlossen.*
Im Flur hört man Oma.

Oma:
Huhu! Ich binnet!

Lautes Stöhnen unter der Bettdecke.

Lore:
Nein! Bitte nicht! Lieber Gott, schick ein Erdbeben.

Der liebe Gott hört nicht, wie immer. Statt dessen schickt er Oma, *die ins Zimmer kommt.*

Oma:
Schönste Sonne und immer noch im Bett. In Köln gibtet ein Schäferhund, der geht jeden Abend alleine nache Kneipe hin, trinkt fünf Kölsch und fährt dann mitten Taxi wieder nach Hause. Datt Taxi kommt automatisch nach 'ne Stunde, Herrchen zahlt datt, wissen die schon alle in diese Kneipe da, komisch, nä? Und den Schäferhund hamse gezz inne Talkshow nach Berlin eingeladen.

Sie reißt energisch die Vorhänge auf, Sonnenlicht flutet herein, Oma *öffnet die Fenster.*

Steht alle inne Zeitung. Da.

Sie wirft Lore *eine Zeitung aufs Bett. Keine Reaktion.*

Bisse tot?

Lore:
Ja.

Oma:
Dann brauch ich dir ja auch nich mehr sagen, wann dein Kind nachts nach Hause kommt. Um zwei Uhr!

Lore:
Laß mich in Ruhe sterben, Mutter, nur ein einziges Mal.

Oma *räumt ein paar Sachen in den Schrank, aber auch mehr unordentlich als ordentlich, sie feuert einfach alles rein und schiebt dann die Türen zu.*

Oma:
Aha, demnach isset mitte große Liebe schon wieder aus.

Lore *(immer noch unter der Decke, stöhnt)*:
Liebe! Liebe gibt's nicht.

Oma:
Doch, Nebenfluß der Weichsel. Frag mich mal, watt mir gestern passiert ist.

Lore:
Nein. Laß mich in Ruhe, raus hier.

Sie wickelt sich aus den Decken, kommt zerzaust und kläglich darunter hervor, setzt sich, blinzelt in die Sonne.

Sonne! Auch das noch.

Oma *(pathetisch)*:
«Herbstlich sonnige Tage,
mir beschieden zur Lust,
euch mit leiserem Schlage
grüßt die atmende Brust!»

Triumphierend.

Ich kenn nämlich auch Dichter, ich geh nur nich immer gleich inne Betten mitse.

Lore:
Warum ist Betty so spät gekommen?

OMA:
Watt weiß denn ich. Interessier dich lieber mal dafür, watt ICH wohl gestern um zwei gemacht hab. Nachts.

LORE *(schmerzlich, wieder unter die Decke kriechend)*:
Ich weiß bloß, was ICH gestern nacht um zwei gemacht hab, ich hab dem italienischen Jüngling mit den Mandelaugen den Sektkübel mit dem Eiswasser über den Kopf gestülpt.

OMA:
Der wird sich erkälten.

LORE *(dumpf, unter der Decke)*:
Nur Menschen aus Fleisch und Blut können sich erkälten. Der ist aus Gußeisen.

OMA *stopft die Trockenblumen in einen überquellenden Papierkorb.*

OMA:
Und was hab ich wohl gemacht? Deine alte Mutter Martha Rittberger?

LORE:
Fenster geputzt. Wie immer.

OMA:
Nä. Ich hab draußen auffe Treppe gesessen, mitten inne Nacht.

Es klingelt. LORE *kommt hochgeschreckt.*

LORE:
Ich bin nicht da. Ich will keinen sehen.

OMA *geht die Tür öffnen. Draußen lehnt* HUMPE *und grinst.*

HUMPE:
Na?

OMA:
Na, was?

HUMPE:
Sind Sie drin?

OMA:
Natürlich bin ich drin. Ich wohn doch hier.

HUMPE *lockt mit dem Finger.*

HUMPE:
Kommen Sie mal raus, ich muß Ihnen was zeigen.

OMA *folgt ihm neugierig nach draußen, schwupp, ist* HUMPE *drin und macht die Tür zu.*

OMA *(draußen)*:
Watt soll dattenn?

HUMPE:
Jetzt sind Sie draußen.

OMA:
Herr Humpe! Sie machen sofort auf, ritsch – ratsch.

HUMPE *(von innen)*:
Ich denk ja gar nicht dran. Ritsch – ratsch.

OMA:
Ich hab Schlüffchen an, Herr Humpe. Ich hol mir ja werweiß watt.

HUMPE:
Und ich hol mir meine fünfundneunzig Mark...

OMA:
Und ich hol de Polizei.

HUMPE:
Prima. Ganz in meinem Sinn.

OMA:
Oder ich schrei.

HUMPE:
Ist auch in Ordnung. Fünfundneunzig Mark, bar auf die Hand. Mit Rechnung und Mehrwertsteuer wird's teurer.

OMA:
Ach, so einer sind Sie! Und was sagt der Stoltenberg dazu? Oder der Lambsdorff oder wer da aufpassen muß?

Humpe *redet, gebückt, durch den Briefkastenschlitz mit* Oma.

Humpe:
Ist mir scheißegal. Die fragen mich ja auch nicht, was ich von ihnen halte, also solln sie sich aus meinem Geschäft raushalten.

Hinter Humpe *im Flur taucht jetzt* Lore *im Nachthemd auf, gähnt, stupst* Humpe *am Po an, er fährt erschrocken herum.*

Lore:
Was ist hier eigentlich los? Sie können mir nicht zufällig sagen, wer Sie sind?

Humpe *verbeugt sich fahrig.*

Humpe:
Äh – Schlüssel-Humpe. Ich – ich hab da mit der Dame ...

Lore *öffnet die Tür, gähnt, reckt sich in der Sonne, sieht ihre Mutter draußen.*

Lore:
Mutter, ist das irgendwie ein neues Spiel, was ich noch nicht kenne, oder ...

Schwupp – geistesgegenwärtig hat Humpe *die Tür wieder zugeschmissen. Jetzt stehen* Lore *und* Oma *draußen.*

OMA:
Um Gottes willen! Dieser wahnsinnige Mensch!

LORE:
Das bedeutet nicht irgendwas, oder? Ich träume doch?

OMA:
Das ist ein ganz unverschämter Mensch – *(laut)* Herr Humpe, Sie machen jetzt sofort diese Tür auf.

HUMPE *(von innen)*:
Im Gegenteil, die laß ich jetzt sofort zu.

OMA *(verzweiflungsvoll zu* LORE*)*:
Nun tu doch watt!

LORE:
Aber das scheint doch dein Freund zu sein.

OMA:
Freund! Der will fünfundneunzig Mark von mir für einmal Ritscheratsche, so jemand KANN garnich mein Freund sein.

LORE:
Einmal Ritscheratsche?

OMA:
Einmal Ritscheratsche.

Sie nimmt den Briefkastendeckel hoch, spricht wieder durch.

OMA:
Herr Humpe! Einigen wir uns auf zehn Mark, mehr kann ich beim besten Willen... Herr Humpe? Herr Humpe!

HUMPE *hat sich im Flur ein Stück entfernt, geht herum und sieht sich um.* OMA *klingelt wie wild.* HUMPE *reagiert nicht. Vom oberen Stock kommt schlaftrunken in einem Micky-Maus-Pyjama* BETTY getorkelt, sieht HUMPE, *kreischt, rennt zurück, haut ihre Tür zu.*

OMA *(draußen)*:
Der tut dem Kind watt an!

Jetzt kommt auch in LORE *Leben.*

LORE *(draußen)*:
Hey, Sie komischer Vogel, Tür auf oder es setzt was.

HUMPE *kommt zurück an den Briefkastenschlitz, spricht durch.*

HUMPE:
Ich hab meine Arbeit getan, ich will mein Geld, und weg bin ich.

OMA *weint fast.*

OMA *(draußen)*:
Datt es solche Menschen gibt! Solche Menschen! Die arme Rentnerinnen sowatt von ausnehmen.

Vor dem Haus **Außen/Tag**

Oben aus dem Fenster lehnt sich Betty *und schreit.*

Betty:
Hiiiiilfe!

Lore *sieht hoch zu ihr.*

Lore:
Sei doch still, Betty!

Im selben Augenblick macht Humpe *die Tür auf, wütend.*

Humpe:
Wieviel Weiber sind da noch im Haus, ha?

Oma *schreitet an ihm vorbei wie eine Königin und gibt ihm eine Ohrfeige.*

Oma:
Noch fünf. Verschwinden Sie auf der Stelle.

Humpe:
Fünfundneunzig Mark, oder ich komm jeden Tag wieder. Und ich komm auch rein, das wissen Sie ja.

Lore *nestelt Geld aus ihrem Mantel, der im Flur hängt.*

Lore:
Ich weiß zwar nicht, Mutter, für welches Schäferstündchen ich hier zahle, aber bitte...

Sie gibt Humpe *hundert Mark.*

Und nun hauen Sie ab.

Oma:
Datt ist zuviel!

Lore:
Raus mit Ihnen.

Humpe *tippt an die Stirn.*

HUMPE:
Bin schon weg.

Die Tür fällt ins Schloß. Fassungslos starren OMA *und* LORE *ihm nach, oben auf der Treppe erscheint wieder* BETTY. *An der Haustür außen wird gefummelt, dann geht sie wieder auf, erneutes Gekreische von* BETTY, *die wieder verschwindet.* HUMPE *guckt rein, grinst:*

Und merci vielmals.

OMA *faßt sich ans Herz, geht in die Küche, gießt sich einen Kaffee ein. Lore folgt ihr.*

LORE:
Was war das für ein Monster? Ist das das Ende einer großen Liebe, oder was?

OMA *hält sich die Hand aufs Herz.*

OMA:
Hundert Mark! Datt überleb ich nicht. Ich glaub, mich kriegense!

BETTY *schaut vorsichtig in die Küche.*

BETTY:
Ist Frankenstein weg?

LORE *schmiert sich ein Brot.*

LORE:
Der hat anscheinend unsern Schlüssel und kann jederzeit wiederkommen.

OMA:
Hundert Mark! Fünfundneunzig waren schon zuviel.

BETTY:
«Draußen stehen Pinien. Sie können lächeln.» Ist das etwa von dem?

LORE *preßt Orangen aus. Sie spritzt dabei natürlich alles voll.*

LORE:
Ach, findest du, daß so die Dichter aussehen?

BETTY:
Die, die du so anschleppst, sehen so aus. Kann mir mal einer das alles erklären, was der Typ hier wollte, warum Oma mitten in der Nacht vor der Tür sitzt...

LORE *(zu* OMA*)*:
Du sitzt mitten in der Nacht vor der Tür?

OMA:
Wenn doch keiner da ist.

LORE:
Du hast doch wohl einen Schlüssel?

OMA *(weinerlich)*:
Ich alte Frau, ganz alleine! Da könnte wer weiß was passieren, Hochwasser, Terroristen, die Russen marschieren ein...

LORE:
Die marschieren nicht ein, die haben Glasnost.

BETTY:
Glas Most?

OMA:
Trotzdem. Meine Tochter kommt überhaupt nicht, meine Enkelin um zwei Uhr morgens, man könnte tot sein...

Sie schluchzt in ihre Schürze, aber eigentlich noch immer über die hundert Mark. LORE *trinkt den Saft.*

BETTY:
Oma, jetzt mach aber nicht einen auf abartig, ey. Als ich kam, warst du ganz gut drauf. Erst hat sie geschlafen, dann hat sie mich gleich vollgelabert...

LORE:
Wieso kommst du erst gegen Morgen nach Hause? Und du, wieso sitzt du draußen?

BETTY:
Besser gegen Morgen als gar nicht, oder?

OMA:
Warum! Weil die Tür zu war, darum.

LORE:
Und warum war die Tür schon wieder zu? Bist du reif fürs Altersheim, oder was?

Oma:
Warum, warum, weil Durchzug war, und da war se eben zu, darum. Und da ist der Herr Humpe sofort gekommen und hatse aufgemacht, watt regt ihr euch denn jetzt so künstlich da auf.

Lore:
Ja, wenn er sie aufgemacht hat, warum bist du dann nicht reingegangen und unter deine Rheumadecke, wie sich das gehört?

Oma *(tippt sich an die Stirn)*:
Für fünfundneunzig Mark! Ich schmeiß eben nich so mitten Geld rum wie du. Ich bin sparsam.

Lore *setzt sich hin.*

Lore:
Mutter, das ist jetzt das dritte Mal in kurzer Zeit, daß du ohne Schlüssel draußen stehst. Jetzt muß was passieren, so geht das nicht weiter.

Betty:
Häng dir doch einen um den Hals.

Oma:
Ich bin doch kein Kleinkind.

Lore:
Anscheinend doch. Wir geben heute einen Schlüssel ab bei Frau Strupp gegenüber, da kannst du dann klingeln.

Oma *ist entrüstet.*

Oma:
Die Struppsche! Damit die dann hier inne Schubladen rumschnüffelt, wenn wir nicht da sind?

Lore:
Was gibt's bei uns schon groß zu schnüffeln? Die einzige, die hier schnüffelt, bist doch du.

BETTY:
Versteck doch einen im Garten, ey.

LORE:
Bei Frau Strupp.

OMA:
Nie im Leben. Lore, wenn du da einen Schlüssel abgibst, da geh ich nicht hin. Lieber sitz ich die ganze Nacht vor der Tür. Ausgerechnet die Struppsche. Nach Pippi stinkt die auch.

LORE:
Dann bei Opa Wesemann.

OMA:
Du vergißt wohl, wie unsittlich der mir immer auffe Beine kuckt! Und da soll ich mitten inne Nacht klingeln und sagen, Oppa Wesemann, gib mal den Schlüssel, mir ist die Tür zu? Nicmals.

BETTY:
Ich sag doch, im Garten.

OMA *(kleinlaut)*:
Im Garten hab ich ja einen versteckt.

LORE:
Aha. Und wo ist dann das Problem?

OMA:
Ich weiß nicht mehr wo.

BETTY *kriegt einen Lachanfall.*

BETTY:
Laß es dir doch auf den Arm tätowieren: Schlüssel im Salat.

OMA:
Im Salat war es nicht. Ich kann ihn einfach nicht mehr finden.

Lore:
Weil du so schusselig bist. Irgendwann komm ich mal nach Hause, und dann ist hier alles abgebrannt.

Oma:
Kann gut sein, weil ich ja auch das Bügeleisen immer anlaß.

Lore:
Mutter, dann schreib dir einen Zettel und tu ihn in die Schürzentasche: Der Schlüssel liegt da und da.

Oma:
Ich kenn mich doch, an dem Tag hab ich dann immer grade die andere Schürze an.

Lore *haut auf den Tisch.*

Lore:
Wenn Altwerden SO geht, dann pfeif ich drauf!

Oma:
Da wird man leider nicht gefragt, liebes Kind.

Betty:
Wo der Roberto herkommt, da haben sie so Vorhänge aus Perlenschnüren vor der Tür. Su-per.

Oma:
Um Gottes willen, dann kann ja jeder rein.

Lore *blickt gen Himmel.*

Lore:
«Oh Erde, tu dich auf, verschlucke mich!»
Was ist jetzt, Mutter, denk dir was aus. So geht das nicht weiter, daß du dauernd vor der Tür sitzt, und dann kommen solche Monster und wollen auch noch Geld.

Flur Lore **Innen/Tag**

OMA *telefoniert.*

OMA:
Herr Humpe, hundert Mark, datt is viel Geld, und datt haben Sie bei mir nonnich abgearbeitet. Also: der Schlüssel is zwischen de Radieschen un de großblättrige Petersilie eingegraben, un wenn ich ma wieder draußen steh untie Tür is zu, dann ruf ich Sie einfach an un sach, Herr Humpe, hier ist Omma Rittberger, un ich kann mein Schlüssel schon wieder ma nich finden, un dann sagen Sie, aber Omma Rittberger, der liecht doch im Gaaten zwischen de Radieschen un de großblättrige Petersilie. Dann müssen SIE nich extra kommen, ICH steh nich dumm rum un wir kriegen auch kein Ärger mehr wegen einmal Ritscheratsche für soviel Geld, ham wer doch eigentlich alle watt von, nä?

OMA *legt auf. Zufrieden geht sie vors Haus, schaut in den Garten, wo ihr Schlüssel liegt. Da schlägt ein Durchzug hinter ihr die Haustür zu.*

ENDE

Folge 4

Friede auf Erden

Wohnung/Lore / Flur und Lores Zimmer Innen/Tag

BETTY *saugt besessen Staub. Dann geht sie an den Wandschrank, um etwas zu suchen (Besen oder neue Staubsaugertüten), es fallen ihr Sachen entgegen – Schuhe, Einkaufstaschen etc. Sie flucht, räumt wieder ein, saugt weiter. Noch mal muß sie an den Schrank, wieder fällt alles raus.* BETTY *kriegt Wut, brüllt.*

BETTY:
Mamma!

Sie geht in LORES *Zimmer.* LORE *liegt auf dem Bett, futtert Kartoffelchips, liest, trinkt Rotwein.*

LORE:
Ja?

BETTY:
Komm mal.

LORE:
Ich lese!

BETTY:
Ich kann hier so nicht weitermachen!

LORE:
Dann laß es doch, Herzchen. Ist sowieso zu laut.

BETTY *geht hinaus. Sie mault vor sich hin, feuert wieder alles in den Wandschrank, nimmt nur ein Staubtuch raus, knallt die Schranktür zu, wischt Staub.*
In der Tür erscheint LORE, *mit offenem Reißverschluß am Rock, weil das bequemer ist, kauend, auf Socken.*

LORE:
Na, was ist?

BETTY:
Ich kann nicht aufräumen, wenn mir überall dein Scheiß entgegenfällt.

LORE:
Dann laß es doch, mein Möppelchen, sieht doch prima aus hier.

BETTY *reißt den Schrank auf, wieder fällt alles raus – Putzzeug, Schuhe, Einkaufstaschen.*

BETTY:
Ja, prima! Da!

LORE:
Ja, den Schrank darfst du nicht aufmachen, da kommt einem alles entgegen.

BETTY:
Weil zuviel drin ist.

LORE *(gleichgültig)*:
Dann tu doch was raus, Schatz. Und racker dich nicht so ab, glaub mir, ich kenn das, man putzt wie eine Blöde, und schon drei Tage später ist alles wieder dreckig, hach, was sag ich – schon zwei Tage später!

Sie trällert vor sich hin, «Genova per noi».

«Ma quella faccia un po' così
quell'espressione un po' così
che abbiamo noi che abbiamo visto
Genova – ah-ah . . .»

Sie geht zurück in ihr Zimmer. BETTY *schreit wütend hinter ihr her, macht sie nach.*

BETTY:
Ja, ah! ah! Von wegen ah! ah! Morgen ist Weihnachten, ey, und hier sieht das aus – wie – wie –

Sie setzt sich auf den Boden und fängt aus Wut zu heulen an. Sie tritt vor den Staubsauger, der fällt um, auf OMAS *Kopf, denn just in dem Moment kommt* OMA *die Kellertreppe hoch mit einem Teller.*

OMA:
Huhu, ich bin – aua!

BETTY:
Paß doch auf!

OMA:
Wie soll ich denn aufpassen, verdorri? Komm ich ahnungslos mit Bratäpfel hier rauf un krieg eins auffem Kopf, watt is los? Heulst du?

BETTY:
Nein.

OMA:
Ja sicher heulst du. Warum?

BETTY:
Ach, Scheiße. Nichts macht sie, Mensch!

Lore, die das gehört hat, ruft aus ihrem Zimmer.

LORE:
O doch! Ich le-se!

OMA:
Sieht doch schön aus, alles blank.

BETTY:
Ich bin auch schon 'ne Stunde dran. Aber aus dem Schrank fliegt ewig alles wieder raus.

OMA *guckt auf die Sachen am Boden.*

OMA:
Hach! Da sind ja meine dicken Schuhe! Wie komm die denn hier rauf zu euch? Die hab ich sowatt von gesucht.

BETTY:
Nimm sie bloß mit. Anderswo machen sie alles schön, wenn Weihnachten kommt, und hier...

OMA:
Ich denk, du machst dir nix aus Weihnachten? Hasse immer gesagt.

BETTY:
Na ja – trotzdem.

Sie steht auf, beginnt, den Krimskrams in den Schrank zurückzuräumen.

OMA:
Laß mal, Kind, datt macht Omma. Eß mal so 'n Bratapfel.

BETTY *sitzt, ißt einen Bratapfel. Weihnachtsmusik im Radio.*

BETTY:
Lecker, Oma!

OMA *sitzt strahlend am Tisch, die dicken Schuhe neben sich.*

OMA:
Siehste. *(flüstert)* Betty, ich bin 'ne alte Omma, ich mach mir aunnix aus Weihnachten, aber du weißt selbst, watt deine Mutter sentimental is, wenn die Heiligabend alleine da sitzt, kriegste datt arme Dier. Laß uns schön feiern, ja?

BETTY:
Eigentlich wollt ich zu Roberto. Auf eine Party.

OMA:
Tu mir datt nich an, Kind – deine Mutter heult sich die Augen dick, wenn...

LORE *erscheint in der Küchentür.*

LORE:
Lecker? Was ist lecker? Hm! Hast du Bratäpfel gemacht, Mutter?

Sofort stürzt sie sich an den Tisch und futtert. OMA *macht sich an den Abwasch.*

OMA:
Hasse wieder drei Tage nich gespült?

LORE:
Ich les gerade so 'n tolles Buch, muß ich übersetzen, da hatte ich keine Lust.

OMA:
Keine Lust, keine Lust! Datt gilt für 'ne Hausfrau nicht, keine Lust.
«Wo keine Hausfrau ist im Haus,
da sieht datt öd un traurig aus.»

LORE *(unbekümmert)*:
Ich hab ja meine ordentliche Betty.

BETTY:
Blablabla!

LORE:
Ist jetzt eigentlich die Putzarie fertig?

BETTY:
Wie in einem Stall sieht das hier aus, echt.

LORE:
Das arme Jesuskind wurde auch in einem Stall geboren, dem ist das egal.

Sie tropft sich mit dem Fett voll.

Ach, Scheiße!

OMA:
Keine Scherze mitten Jesuskind! Kann ich nich vertragen, schon garnich zu Weihnachten.

LORE *zeigt auf die dicken Schuhe, die* OMA *auf den Tisch gestellt hat.*

LORE:
Was ist damit?

OMA:
Da hab ich mich tot nach gesucht, und wo sindse? In dein zammeligen Wandschrank. Die brauch ich.

LORE:
Die hat der Jacques im vorigen Jahr immer angezogen beim Schneeräumen. Ach, der hatte so niedliche kleine Füße!

OMA:
Watt fürm Schack?

BETTY:
Der doofe Franzose, der sich den ganzen Winter hier eingenistet hat und sogar Weihnachten noch hier rumlungerte. Wenn ich an den bloß denk!

LORE *(seufzt)*:
Ich denk oft an ihn! Où sont les neiges d'antan?

OMA:
Watt soll dattenn nu wieder heißen?

LORE:
Wo ist der Schnee vom vorigen Jahr? Aber das versteht ihr sowieso nicht.

OMA:
Französisch werd ich nie verstehen. Gut, datt einer ausländisch spricht von Haus aus, datt kann ich mir zur Not noch vorstellen, aber dattie sogar für Wörter wie Kartoffeln oder Brot, dattie dafür sogar watt anderes sagen – nä, datt geht in meinen Kopp nich rein.

BETTY:
Mamma, ich bin Heiligabend bei Roberto.

LORE:
Darüber reden wir noch, Schätzchen.

Sie zwinkert BETTY *zu, sie soll still sein vor* OMA. OMA *dreht sich um.*

OMA:
Wie sacht der Franzose nomma für Brot?

LORE:
Pain.

OMA:
Peng! Unmöglich. Watt ein Volk, un da verlieren wir den Krieg gegen, man faßt et nich. Der Herr Schwobetzky ...

LORE:
Hör auf mit dem!

OMA *hat ein bißchen gespült, dreht jetzt das Wasser ab, ist etwas beleidigt.*

OMA:
So. Die Pfanne und die Teller muß ich erst einweichen, datt klebt alle. Jetzt nehm ich meine dicken Schuhe un geh im Wald, solange datt noch hell is.

LORE:
Was willst du denn im Wald?

OMA:
Paar Tannenzweige holen.

LORE:
Was? Wo unter jedem Baum ein aggressiver deutscher Oberförster in Loden sitzt? Die knallen dich ab, Mutter.

OMA:
Ach watt. Die Förster fahren heute bloß noch mitte grün Mercedesse durchem Wald. Da sitzt keiner. Und heute sowieso nicht mehr.

BETTY:
Laß ja die Zweige dran, Oma, wir haben echt genug Waldsterben.

OMA:
Ich nehm ja nur, watt schon am Boden liegt.

LORE:
Solche Zweige kann man doch im Laden kaufen.

OMA.
Kaufen! Sonst noch watt? Wofür gibtet denn die Natur?

Sie geht. BETTY *und* LORE *essen den Teller leer.* BETTY *legt die Teller in den Abwasch, spült weiter.* LORE *trinkt ein Glas Rotwein.*

LORE:
Betty, mir ist Weihnachten scheißegal, aber wir müssen morgen was machen, wegen Oma. Ist dir klar, oder?

BETTY:
Nö.

LORE:
Na hör mal, wir können doch die alte Frau nicht Heiligabend da unten allein sitzen lassen?

BETTY:
Sie sagt, sie macht sich nix draus.

LORE:
Die sagt viel, wenn der Tag lang ist. Nein, wir machen uns ein schönes Essen . . . ich . . .

Sie stockt ein bißchen, BETTY *fährt herum.*

BETTY:
Sag bloß, du hast schon wieder so 'n Typ kennengelernt, der jetzt drei Tage hier rumhängt?

LORE:
Sei doch nicht so biestig, mein Gott! Du wirst ihn mögen. Milan ist in Ordnung, und der kocht wie ein Gott. Der kann uns ein böhmisches Essen kochen.

BETTY:
Milan! Ich denk, das ist ein Vogel?

LORE:
Ein Tscheche. Der darf nicht mehr zurück, der ist ganz allein hier und . . .

BETTY:
Schluchz, schluchz, mir kommen die Tränen.

LORE:
Den hab ich jedenfalls eingeladen, und darum möchte ich, daß du auch da bist. Der hat für das Essen schon alles besorgt.

BETTY:
Was hab ich mit deinen Lovern zu tun, aber echt.

LORE:
Der ist nicht mein Lover! Um den kümmer ich mich, weil ich seine Gedichte übersetz.

BETTY:
Jaja, so fängt es immer an. Was würdest du sagen, wenn ich jede Woche einen andern Typen hier anschleppen würde, was würdest du sagen, hey?

LORE:
Ich wär froh! Mit sechzehn seit drei Jahren denselben, das ist mir viel unheimlicher.

BETTY *rennt aus der Küche, knallt die Tür.* LORE *ruft ihr nach.*

LORE:
Nix gegen deinen Roberto! Aber es gibt auch noch andere, mein Gott.

BETTY *(ruft)*:
Nein!

Wohnzimmer Oma — Innen/Tag

OMA *sortiert große Zweige in eine Bodenvase.* LORE *sitzt bei ihr.*

OMA:
Lore, mir ist doch Weihnachten egal. Aber datt Kind.

LORE:
Die ist kein Kind mehr, Mutter. Die hat seit drei Jahren einen festen Freund, und da will sie Weihnachten sein.

OMA:
In eine ausländische Familie! Feiern die datt überhaupt richtig?

LORE:
Ja sicher! Das sind doch Italiener, die haben doch sogar den Stellvertreter Gottes im eigenen Land, da werden sie schon feiern.

OMA:
Richtig isset nich, Weihnachten gehören die Kinder nach Hause. Un ich hab so 'n schönes Geschenk für Betty!

LORE:
O nein! Wir wollten uns doch nichts schenken!

OMA:
Du kriegst ja auch nix, aber datt Kind.

LORE:
Deine Geschenke haben ihr noch nie gefallen – warme Schlüpfer, Kuchengabeln für die Aussteuer, oder diese Kassette von deinem Richard Kleiderschrank oder wie der heißt – total daneben. Die hören heute Boy George oder Police oder Duran Duran, Mutter.

OMA:
Ach watt, gezz hörtse doch diese Wittnei Husten, den ganzen Tag. Diesmal hab ich watt ganz Tolles. Ganz groß un ganz toll.

LORE:
Groß? Wo soll sie damit hin in ihrem kleinen Zimmer? – Was ist es denn?

OMA:
Sag ich nicht... Kann aber im Wohnzimmer.

LORE:
Nur über meine Leiche.

OMA:
Nu gönn doch dem Kind mal watt.

LORE:
Mein Wohnzimmer ist der einzige Ort, wo ich...

OMA:
Pssst. Sie kommt.

BETTY *klopft kurz, kommt rein.*

BETTY:
Ich geh dann jetzt.

LORE:
Wohin?

BETTY:
Zu Roberto. Dem seine Mutter backt Panettone.

OMA:
Watt soll dattenn sein? Panettone? Pfannekuchen auf italienisch?

BETTY:
So ähnlich.

LORE:
Mutter, back du doch schnell noch Plätzchen, so wie früher zu Weihnachten, au ja!

OMA:
Plätzkes, ach, auf einmal. Ich denk, hier ist niemand an Weihnachten interessiert?

LORE:
An Weihnachten nicht, aber an Plätzchen.

BETTY:
Ich habe jedenfalls auf Weihnachten hier keine Lust, wenn da schon wieder so 'n Typ kommt.

OMA:
Wer kommt?

LORE:
Ein wahnsinnig netter tschechischer Dichter, der im Exil lebt und morgen nicht weiß, wohin er soll. Was ist denn daran nun so schlimm?

OMA:
Ich will euch nicht stören. Ich kann zu Herrn Schwobetzky gehen.

LORE:
Ich denk, der ist im Altersheim?

OMA:
Ja, und? Da feiern sie sehr nett. Im St.-Wenzeslaw-Domizil gibt es einen Lichtbildervortrag über Mährisch-Ostrau, und der Herr Hupka kommt vielleicht auch vorbei und spricht zu den Vertriebenen – so über die verlorene Heimat und so.

LORE:
Da gehst du nicht hin.

OMA:
Hier bleib ich auch nicht.

BETTY:
Das soll 'ne Familie sein, ey. Nicht mal Weihnachten läuft hier was. Aber mir ist es egal. Ciao.

Sie geht und knallt die Tür zu. Dann schaut sie noch mal rein.

Und übrigens will ich auch keinen rosa Angorapullover mehr haben. Sag ich nur mal so, vorsichtshalber.

Weg ist sie. LORE *schlägt sich vor den Kopf.*

LORE:
Ach verdammt, rosa Angorapullover! Das hab ich ja völlig vergessen. Woher krieg ich den bis morgen noch?

OMA:
Du hörst es ja, nun will sie ihn schon nicht mehr.

LORE:
Das sagt sie doch bloß so. Und sie ist auch da morgen abend, wir sind alle da. Du auch.

OMA:
Ppph. Weiß ich noch nicht. Muß ich mir noch überlegen.

LORE *steht auf, ächzt, schaut auf die Uhr.*

LORE:
Jetzt muß ich extra noch mal durch die Läden latschen und nach diesem blöden Pullover gucken!

OMA:
Weil du immer alles auf den letzten Drücker machst. Schon als Kind. Am 24. morgens hast du gesagt, Mamma, gib mal Buntpapier und Klebstoff, aber nich kucken, un dann hast du fürm Oppa ne Krone gebastelt un für mich en Stern aus Goldpapier. Am letzten Tag!

LORE:
Na, immerhin doch, oder? Bin ich diesmal ja noch viel zu früh dran.

Sie gibt ihrer Mutter einen Kuß, wirbelt hinaus. OMA *zieht aus der Schublade ein Strickzeug, rosa Angora.* LORE *kommt noch mal zurück,* OMA *läßt das Strickzeug rasch sinken unter die Tischplatte.* LORE *steckt den Kopf rein.*

LORE:
Und wir beide... keine Geschenke, klar?

OMA:
Sei du brav, mehr wünsch ich mir sowieso nicht!

LORE *verdreht die Augen.*

LORE:
Ein braves Kind, gute Zeugnisse und immer den Teller leer essen und Hände auf die Decke und nicht in der Nase popeln.

Sie knallt die Tür zu. OMA *nickt, beginnt zu stricken.*

OMA:
So isses.

Haustür/Flur **Außen/Innen/Tag**

Lore *kommt mit Tüten bepackt aus der Stadt, zieht den dicken Zottelpelz aus. Es ertönt Klaviermusik von unten hoch, perlende Läufe und Lieder, dazu Gesang.* Lore *stutzt, geht dann die Treppe hinunter.*

Omas Wohnzimmer — Innen/Tag

Ein Klavier mitten im Zimmer. Ein sehr männlicher Kerl sitzt am Klavier, T-Shirt mit hochgerollten Ärmeln, spielt. OMA *singt, selig.*

OMA:
«Reich mir die Hand, mein Leben!
Komm nach mein Schloß mit mi-hir.
Ich will dir alles geben,
jaha, alles kriegst du-hu von mi-hir . . .»

LORE *kommt herein, ist völlig perplex.*

LORE:
Was ist das denn?

OMA:
Don Giovanni!

LORE *zeigt auf den Kerl,* RUDI.

LORE:
Das ist Don Giovanni?

OMA:
Nein, das ist Herr Rudi.

LORE:
Herr Rudi, aha!

Er hört auf zu spielen, sie gibt ihm die Hand, sie mustern sich, gefallen sich, er grinst, klimpert weiter.

RUDI:
Servus.

LORE:
Und was ist das?

Sie klopft aufs Klavier. OMA *verdreht die Augen.*

OMA:
Mein Gott, was ist das, was ist das. Eine Waschmaschine.

LORE *(nickt)*:
Eine Waschmaschine.

OMA *(frech)*:
Ja. Für Kochwäsche, schleudern.

RUDI *singt vor sich hin.*

RUDI:
Schau einer schönen Frau
nie zu tief
in die Augen –
denn was ihr Blick verspricht –
das hält sie nicht!
Sie sieht den nächsten Mann
– genauso zärtlich an...

OMA:
Da haben Sie recht...

LORE:
Was sollen wir mit einem Klavier?

OMA:
Kultur. Kultur im Haus haben. Du bist doch sonst so für Kultur.

RUDI:
Denn all ihr Zärtlichsein
ist leider nur Schein!
Drum, schau einer schönen Frau...

LORE *(zeigt auf Rudi)*:
Und das ist Kultur?

OMA:
Er doch nicht. Das Klavier. Damit Betty Kultur lernt. Er hat es nur gebracht.

LORE:
Wieso haben Sie es gebracht?

RUDI *(grinst)*:
Weil die Frau Rittberger es allein nicht tragen konnte.

OMA:
Schnickschnack. Das ist das Klavier von Herrn Schwobetzky, un datt darf er im Altersheim nich mitnehmen. Da hab ich et gekauft, un er...

Zeigt auf RUDI.

...hat et gebracht un kannet auch stimmen. Man muß datt stimmen. Nachen Transport.

LORE:
Ich will aber kein Klavier!

OMA:
Für dich isset ja auch nich, is ja für Betty, aber nonnix sagen.

LORE:
Es kommt aber doch in meine Wohnung?

RUDI *steht auf, wackelt mit den Muskeln.*

RUDI:
Soll ich's rauftragen?

LORE:
Soooo stark sind Sie?

OMA:
Nix. Soll doch 'ne Überraschung sein. Ich find datt so schön, bißken Kultur im Haus! Ich wünschte, du hättest den Richard Kleidermann geheiratet, ich hör den zu gern.

RUDI:
Heiraten Sie mich doch, ich kann's auch.

LORE *(irritiert)*:
Was können Sie?

RUDI:
Na, alles, was so gefragt ist.

LORE:
Auch Wasserhähne reparieren, die tropfen?

RUDI:
Wenn's sein muß.

LORE:
Dann kommen Sie doch gleich mal mit rauf.

OMA *klappt das Klavier zu.*

OMA:
Herr Rudi, morgen, 17 Uhr, wie versprochen. Einmal rauftragen und fix stimmen. Dann gibt datt auch Trinkgeld.

RUDI:
Ist in Ordnung, Lady.

LORE:
Also dann. Die anderen Rittbergers wohnen da oben. Mutter, wir sprechen uns noch – wegen Klavier und so.

OMA:
Da gibt datt nix zu sprechen.

Sehr unordentlich, natürlich. Unter dem Waschbecken liegt RUDI, *man sieht nur seine Beine. Er repariert.* BETTY *kommt ins Bad geplatzt, erschrickt, bleibt dann stehen, Arme in die Hüften gestemmt.*

BETTY:
Na, Meister? Schön da unten?

RUDI:
Moment. Kann jetzt nicht.

BETTY:
Daß ist ja toll, daß die mal einen Kerl mitbringt, der hier was tut. Sonst sauen sie bloß immer alles voll.

RUDI *ächzt und brummelt unter dem Waschbecken.*

Sind Sie der, der bei uns Weihnachten kochen will?

RUDI *würgt sich unterm Waschbecken vor, guckt* BETTY *an.*

RUDI:
Und wer bist du?

BETTY:
Der Schrecken der Prärie. Und Sie?

RUDI:
Der Rächer der Enterbten.

Sie müssen beide lachen. RUDI *dreht am Wasserhahn, alles klappt.*

Alles okay.
Was war das mit Weihnachten?

BETTY *verdreht die Augen, sitzt auf dem Wannenrand.*

BETTY:
Weihnachten. Fest der Liebe. Meine Mamma wird dann immer so sentimental. Ich wollte morgen eigentlich auf eine Party, aber dann kriegt die das heulende Elend. Also bleib ich artig da und mach den Tröster.

RUDI *setzt sich aufs Klo, dreht sich eine Zigarette.*

RUDI:
Das bin ich übrigens auch, Tröster der Witwen und Waisen.

BETTY:
Verstehe. Krieg ich auch eine?

RUDI *dreht ihr eine.*

Und Sie dürfen nicht mehr nach Hause?

RUDI:
Wer sagt das?

BETTY:
MAMMA. Sie dürfen nicht nach Hause, und deshalb wären Sie Weihnachten so im Arsch und müßten bei uns feiern. Stimmt das?

RUDI:
Könnte man so sehen, doch, ja.

BETTY:
Und kochen. Was kochen Sie denn?

Sie rauchen.

RUDI:
Ja, was koch ich denn? Äh...

LORE *kommt ins Bad, mit zwei Gläsern Campari.*

LORE:
Hier ist es ja gemütlich... Betty, du rauchst?

BETTY:
Nö, ich tu nur so. – Bis morgen!

BETTY *zwinkert* RUDI *zu, geht aus dem Bad.* RUDI *und* LORE *prosten sich mit tiefen Blicken zu.*

Wohnzimmer / Lore / Küche **Innen/Tag**

LORE *liest, knackt Nüsse.* BETTY *sitzt am Küchentisch und wickelt Geschenke ein.* LORE *sieht über ihr Buch vom Sofa herüber.*

LORE:
Was packst du denn da alles noch ein?

BETTY:
Geschenke.

LORE:
Jedes Jahr sagen wir wieder, daß wir die Geschenkarie nicht mitmachen wollen, und jedes Jahr fangt ihr wieder damit an, Oma und du.

BETTY:
In andern Familien gibt es einen Baum und Weihnachtslieder und Geschenke. Ganz normal. Bloß bei uns ist immer alles freakig oder wie das heißt.

LORE:
In anderen Familien gibt es auch eine Schrankwand – Bettumrandungen, freitags wird gebadet und jeden Tag kommt der Pappa um sechs nach Hause und fragt seine Frau: Was tust du eigentlich den ganzen Tag?

BETTY:
Ich pack Geschenke ein für Roberto und Oma. Und Pappa.

LORE:
Bist du ja früh dran, oder. Wie soll dein Vater das bis heute abend kriegen?

BETTY:
Geh, der Pappa ist doch bis Heiligendreikönig mit Steven auf Teneriffa. Da hab ich doch noch Zeit.

LORE:
Pappa! Dein Pappa schenkt dir zu Weihnachten auch bloß jedes Jahr hundert Mark oder seinen abgelegten HiFi-Korea-Schrott.

BETTY:
Na, und? Besser als nix.

Im Flur ein Geräusch. OMA *kommt.*

OMA *(ruft)*:
Huhu, ich binnet.

Sie kommt mit einem Blech Plätzchen.

Kuckt mal! Sind tatsächlich watt geworden. Hab ich noch fix gebacken.

BETTY *schiebt schnell die Geschenke weg.* OMA *stellt die Plätzchen auf den Tisch.* LORE *nascht sofort.* BETTY *kommt aus der Küche.*

LORE:
Hm! Lecker! Wenn du nix kannst, Mutter, backen kannst du.

BETTY:
Wie war eigentlich Weihnachten bei euch früher, auch so 'n Stress?

OMA *winkt ab.*

OMA:
Ach, furchtbar. Der Oppa un Onkel Erwin ham sich nachmittachs schon ein angetrunken mit den Aufgesetzten, weisse, der Oppa hat immer im Sommer schwaazen Johannisbeerschnaps aufgesetzt, un der war genau an Weihnachten gut, da ham die abends datt Jesuskind schon doppelt gesehn. Un Tante Herta kriegte jedesmal den Koller, weil Ruttchen nicht dabei wa, Ruttchen hat ja den Neger geheiratet un is nach Amerika mit, da ise nie drübber weggekomm, vor allem Weihnachten, nä. Ich hab immer gesagt, Herta, einer vonne Heilige Drei Könige wa auch schwatt, aber sie kam nicht drübber weg.

Während Oma *vor sich hin schnattert, spachteln* Lore *und* Betty *die Plätzchen weg,* Oma *geht durchs Zimmer und hebt hier Pantoffeln auf, da eine Zeitung, zieht die Vorhänge vor.*

Lore:
Und dann war Bescherung, und an allen Geschenken mußte immer der Preis dran sein, weil sowieso alles umgetauscht wurde.

Oma:
Ist ja gar nicht wahr.

Lore:
Ist ja wohl wahr.

Oma:
Komisch, dattie Kinder sich immer ganz anders anne Kindheit erinnern wie die Eltern.

Betty:
Ich weiß noch alles genau. Wie Pappa noch da war, gab's Heiligabend immer Krach.

Lore:
Nicht nur dann. Aber dann besonders.

Oma:
Da will ich nix mehr von hören. Watt is gezz mitten Herr, den du da eingeladen hast, muß datt sein?

Lore:
Müssen muß gar nichts, Betty ist ja schon wieder dagegen, aber...

Betty:
Nö, der soll ruhig kommen.

Lore *(erstaunt)*:
Auf einmal?

Oma:
Lorchen, weisse eigentlich noch datt schöne Weihnachtsgedicht, watt du mir mal gedichtet hast als Kind?

Lore:
Ich? Gedichtet? Das hab ich bestimmt irgendwo abgeschrieben.

Oma:
Nix. Ich weisset noch wie gestern, paßt auf, datt ging so:

Sie stellt sich nett in Positur und sagt auf.

«Liebe Mutti kuck ma an,
watt dein Lorchen dichten kann.
Weil, Geschenke hab ich nicht,
darum kriegste dies Gedicht.
Christkind steht schon vor dem Tore.
Deine Tochter Hannelore.»

Alle drei müssen lachen, es klingelt. Verblüffung.

Lore:
Wer kommt denn jetzt noch?

Betty *geht zur Tür, kommt mit einem Paket zurück.*

Betty:
Paket. Weihnachtssonderservice. Wer hat mal zwei Mark zwanzig?

Lore:
In der Schublade im Flur.

Oma:
Datt verzeih ich der Post nie, datta einer schon Porto zahlt für so 'n Paket, un dann kost datt anne Tür noch mal zwei Mark zwanzig, datt is für mich der größte Beschiß des Jahrhunderts is datt für mich.

Betty *ist wieder draußen.* Lore *flüstert.*

Lore:
Mutter, das Klavier, ich muß dir was sagen...

Oma:
Pssst.

Sieht sich das Paket an. Laut:

Von Tante Herta!

BETTY *kommt zurück.*

BETTY:
Kann ich euch jetzt schon sagen, was drin ist. Wieder so 'n muffiger Stollen und warme Handschuhe für alle in den beknacktesten Farben der Welt. Braun, grau, eierschale oder so.

OMA:
Bah, watt seid ihr undankbar, die meint datt so gut. Arme Herta. Einziges Kind ab mit ein Neger.

LORE:
Betty, mein Engel, bring das Paket in die Küche, ja?

BETTY *tut es.* LORE *flüstert hastig:*

Kannst du dich an Arno erinnern?

OMA:
Wie soll ich mich an alle deine Kerle erinnern.

LORE:
Der Musiker.

OMA:
Der immer den komischen Hut aufhatte, auch beim Essen?

LORE:
Nein, der immer Handschuhe mit Pelzfutter anhatte, ist ja auch egal, jedenfalls der wandert...

BETTY *kommt zurück.*

BETTY:
Ich bin ja mal gespannt. Diesmal hab ich Tante Herta jedenfalls genau geschrieben, was ich mir wünsche. Sechs Paar Handschuhe hat sie mir jetzt schon gestrickt, sieben will ich nicht.

OMA:
Wer wandert?

LORE:
Ach, nichts. Niemand.

OMA:
Du sagst doch eben, ein Arno wandert...

LORE *(trällert)*:
Das Wandern ist des Müllers Lust, das Wandern ist des Müllers Lust, das Wahandern.

BETTY:
Habt ihr einen an der Hacke, oder was?

OMA:
Ach, deine Mutter fängt immer irgendwas an, und dann weiß niemand, was sie meint.

BETTY *rafft ihren Kram zusammen.*

BETTY:
Das kenn ich, Oma, da müssen wir durch.

Geht hinaus.

LORE:
Der Arno wandert aus nach Amerika und läßt uns sein Klavier da. Für Betty. Ich hab das heute früh erst erfahren.

OMA:
Aber ich hab doch schon datt Klavier von Herrn Schwobetzky.

LORE:
Was soll ich denn machen, das hat er nicht gewußt. Wird nachher geliefert.

OMA:
Watt solln wer denn mit zwei Klaviere?

Lore:
Ich frag mich schon, was wir mit einem sollen.

Oma:
Datt in dies Haus aber auch nie irgendwatt normal is!

Vorm Haus **Außen/Tag**

BETTY *versteckt ein kleines Tannenbäumchen hinter einer Ecke.*

Oma:
Machen wir nun ein Tannenbäumchen oder nich?

Lore:
Lieber «oder nich».

Oma:
Schöne Weihnachten, ohne Baum. Na, ihr müßt datt wissen.

Sie steht auf, nimmt das leere Blech.

Ich geh nomma runter. Un bestell datt Klavier ab, hömma. Watt solln wer mit zwei?

Lore:
Abbestellen? Wie denn? Die können jeden Augenblick kommen.

Oma geht.

Lores Zimmer / Balkon **Innen/Außen/Tag**

LORE *steht auf, reckt sich. Sie lüftet. Auf dem Balkon hebt sie eine Plane hoch, guckt darunter: da liegt ein Weihnachtsbaum, alles in Ordnung.*

Omas Wohnung / Kellergang Innen/Tag

OMA *schlurft hinten in den Keller, knipst das Licht an, überzeugt sich, daß da in der Ecke ein Bäumchen steht.*

Vor dem Haus parkt ein kleinerer Speditionswagen: DIE BLAUEN EILBOTEN. Ein Moment Stille, Dunkel, Frieden, Lichterschein auf der Straße und aus den Fenstern.
LORE *geht aufs Haus zu, sucht nach dem Schlüssel. In diesem Augenblick öffnet sich die Tür, und zwei* MÄNNER *in Arbeitskleidung, mit geschultertem Möbelpackerstricken, kommen heraus. Der 1.* MANN *tippt salutierend an seine Mütze.*

1. MANN:
Frohes Fest.

Der Mann hält nun seine Hand in Richtung LORE *auf.*

LORE:
Ja...?

Auch der 2. MANN *streckt ihr die Hand entgegen.*

2. MANN:
Frohes Fest.

Irritiert schüttelt LORE *beiden die Hand.*

LORE:
Ja, Ihnen auch.

Lore läßt die beiden stehen und geht nach innen. Die Männer verziehen enttäuscht die Gesichter, einer macht die bekannte Geste mit dem angewinkelten Arm.

Wohnzimmer Lore **Innen/Nacht**

Lore *kommt ins Zimmer und sieht: das leere Fernsehtischchen in der Mitte des Raumes; ein Klavier, wo früher das TV-Set stand, der Fernsehapparat nun auf dem Klavier; und durch die Pendeltür von der Küche schiebt sich gerade ein zweites Klavier, an dessen Ende keuchend* Rudi *sichtbar wird.* Lore *wirkt etwas deprimiert.*

Lore:
Du liebe Güte, Sie schon wieder. Wollen Sie hier einen Laden aufmachen oder was?

Rudi:
Na, wirklich ned.

Tippt mit dem Finger auf das Klavier. Noch ganz außer Atem.

Des habns vorhin bracht, wo ich grad mit dem andern da halbert fertig war.

Deutet auf das Klavier mit dem Fernseher.

Und wennsd mir jetzt sagst, wo i den zweiten Kasten hintun soll, dann kommen mir zwei heut auch noch a bissel zum Feiern.

Lore:
Wir zwei...?

Rudi:
Ich sollte ja bleiben, oder?

Lore:
Sie... äh, du solltest was?

Rudi:
Deine Tochter, die hat mich doch eingeladen. Aber des sag ich lieber gleich: Kochen kann i ned. Ich hab Weißwürscht mitbracht.

Er zieht etwas ramponierte Weißwürste aus dem Klavier, reicht sie Lore. *Die nimmt sie, versteht aber nichts.* Betty *kommt zum Haus herein.* Lore *läuft aus dem Zimmer.*

Lore:
Moment!

Im Flur	Innen/Nacht

LORE *hindert* BETTY *daran, ins Wohnzimmer zu gehen.*

LORE:
Da ... äh ... da darfst du jetzt nicht rein.

BETTY:
Ich muß aber. Ich hab 'ne Überraschung.

LORE:
Geht nicht.

BETTY:
Kann ich in die Küche?

LORE:
Ja, gut. Tu das in den Kühlschrank.

Sie gibt ihr die Weißwürste, flüstert:

Hast du den eingeladen?

BETTY:
Wen denn?

LORE:
Rudi. Er soll hier kochen oder was?

BETTY:
Rudi? Ich kenn keinen Rudi. Du hast doch einen eingeladen zum Kochen, so 'n Tschechen oder was.

LORE:
Der kommt aber nicht.

BETTY:
Ach ... schade ...

LORE:
Nix schade. Milan ist im Altersheim Sankt Wenzeslaw und liest die Weihnachtsgeschichte auf tschechisch, vor lauter blöden Dissidenten. Dafür ist jetzt der da.

Sie deutet hinter sich.

BETTY:
Wer denn?

LORE *seufzt.*

LORE:
Na gut, besser er als gar keiner. Schon gut.

Sie will die Tür öffnen, aber irgendein schwerer Gegenstand versperrt ihr den Weg.

RUDI:
Gleich!

Betty guckt irritiert.

Omas Wohnung **Innen / Nacht**

OMA *ist mit dem Schmücken eines Tannenbäumchens beschäftigt, das auf ihrem Couchtisch steht. Sie summt ein Weihnachtslied. Auf ihrem Kopf türmt sich eine kecke Dauerwelle.*

Bettys Zimmer **Innen/Nacht**

BETTY *schmückt einen Christbaum. Es klingelt unten an der Tür. Man hört jemanden aufmachen, etwas wird abgegeben. Die Tür klappt wieder zu.* BETTY *steckt die Kerzen an.*

Lores Wohnzimmer — Innen/Nacht

LORE *bewirft gerade ihren Christbaum mit Lametta. Vom Flur kommt* RUDI *mit einem schmalen, langen Paket.*

LORE:
Na, was war?

RUDI:
Das hier. Für Fräulein Betty Rittberger.

LORE:
Fräulein! Das kann nur von ihrem Vater sein.

RUDI:
Der Absender heißt Hecker.

LORE:
Na, bitte, was hab ich gesagt. Der HiFi-Korea-Schrott ist eingetroffen.

RUDI:
Wohin damit? Gleich auf den Müll?

LORE *wirft einen abschätzenden Blick auf* RUDI.

LORE:
Nein, hinters Sofa, Tarzan.

Zwischen den beiden knistert es.

RUDI:
Aber nur, wenn du mitkommst.

Flur / Treppe zu Oma **Innen / Nacht**

OMA *ächzt mit ihrem Christbäumchen die Treppe hoch. Dabei geht einiges vom Schmuck zu Bruch.*

OMA:
Huhu, ich binnet!
Nich kucken!

Lores Zimmer **Innen/Nacht**

Auf den ersten Blick scheinen LORE *und* RUDI *verschwunden. Doch jetzt taucht* LORES *Kopf hinterm Sofa auf und blickt etwas verwirrt zur Tür.* OMA *kommt ins Wohnzimmer geschoben mit ihrem Christbaum. Jetzt richtet sich* RUDI *auf, fährt sich verlegen durchs Haar.*

RUDI:
Habt ihr immer alles doppelt?

OMA *(strahlt)*:
Dreifach. Dreifacher Rittberger. Schön, nicht? Jetzt kann man auf zwei Klavieren spielen.

LORE *hat sich wieder gefangen.*

LORE:
Wunderschön. Was willst du mit dem Baum?

OMA:
Na, was schon, dran singen... Ach, da ist ja noch einer!

In diesem Augenblick betritt BETTY *mit ihrem Bäumchen das Zimmer. Drei Köpfe fahren herum.*

BETTY:
Heiligabend beisammen!

LORE:
Ach nee, du auch!

RUDI:
Genug ist nie genug!

Lores Zimmer **Innen/Nacht**

Zwei Weihnachtsbäume brennen im Wohnzimmer, den dritten sieht man durch die Tür in der Küche. Die beiden Klaviere dienen als Abstellplätze für Geschirr, Weißwürste und Geschenke (Angorapullover!). OMA *und* LORE *auf dem Sofa. Auf dem Sofatisch, platzfüllend, ein batteriebetriebenes Keyboard mit eingebauten Lautsprechern. Davor, kniend,* RUDI. *Auf dem Drehstuhl* BETTY, *mit einem Brief in der Hand.* RUDI *bedient das Keyboard mit einem Finger, trotzdem erklingt eine vielstimmig verpoppte Weihnachtsmelodie.*

BETTY *(liest)*:
Von Papa für sein Bettykind, weil man mit dem Schönen nicht früh genug beginnen kann.

LORE *beginnt das Weihnachtslied in einer ausländischen Sprache mitzusingen,* OMA *stimmt deutsch ein, schließlich schmettert* RUDI *aus vollem Halse den Refrain, baut ein paar Bluesfloskeln ein. So donnert vielstimmig die «Stille Nacht, heilige Nacht» durch die stille Nacht, heilige Nacht.*

ENDE

Folge 5

Weh dem, der keine Heimat hat

Omas Wohnung **Innen/Tag**

Wir sehen nur OMAS *Hinterteil, denn sie kniet auf dem Boden und redet unters Sofa.*

OMA:
Da daafze dich gezz nich hängenlassen, Klärchen. Kumma, wir müssen alle unser Päckchen tragen, nä, denk bloß ma Beethoven, taub un mußte komponieren, datt is erstma en Schicksal. Oder denk an unser Lore. Kann zig Fremdsprachen un is donnich glücklich, datt sind ersma Schicksale, Klärchen. Da has du et ganich so schlimm. Gezz schon sowieso nicht, wo du bei mir gelandet bist.

Ächzend wurstelt OMA *sich hoch, glättet den Kittel, fährt sich durchs Haar.*

Also, ich muß gezz ma nach oben gehn, Klärchen, dein Essen steht inne Küche, tu schön in Ruhe essen, hier bei Omma Rittberger tut dir keiner watt. Un ich komm auch gleich zurück. Un wennet inne Zwischenzeit klingelt, machze nicht auf, nä.

OMA *verläßt ihre Wohnung.*

Wohnzimmer Lore **Innen/Tag**

LORE *haut auf die Schreibmaschine. Alles ist voller Blätter, Manuskripte, Unordnung.* LORE *murmelt in einer fremden Sprache vor sich hin.* BETTY *lümmelt sich im Sessel und telefoniert.*

BETTY:
Nein, du, da brauch ich gar nicht fragen, das darf ich sowieso nicht.

LORE *(murmelt)*:
Was darfst du nicht?

BETTY *winkt ab.* LORE *murmelt ausländisches Zeug, tippt weiter.*

BETTY:
Nein, du, da kennst du meine Mutter nicht, das würde die nie erlauben. Ehrlich, da fang ich gar nicht erst mit an.

LORE, *ein bißchen Tschechisch oder Ähnliches brummelnd, mischt sich doch immer wieder ein.*

LORE:
Ich? Was hab ich dir denn schon jemals verboten, mir bist du doch immer zu brav. Worum geht's denn?

BETTY *winkt heftig ab.* OMA *wird auf dem Flur hörbar.*

OMA:
Huhu! Ich binnet.

LORE *flucht in einer fremden Sprache.* OMA *steckt den Kopf durch die Tür.*

BETTY:
Du, ich muß aufhören, meine Oma kommt.

OMA:
Telefonier ruhig weiter, Kind, ich will nur schnell das Rätselheft holen.

BETTY:
Ich muß jetzt aufhören. Nein, frag nicht, bei uns geht das nicht, echt. Ciao.

LORE:
Was für 'n Rätselheft? Was geht bei uns nicht?

BETTY *legt auf, stöhnt.*

BETTY:
So eine blöde Nuß.

OMA:
Wegen mir hättest du nicht aufhören müssen.

OMA *sucht auf* LORE*s Schreibtisch herum.*

LORE:
Was kramst du da rum, Mutter, mach mir ja nichts durcheinander.

OMA:
Ich dir? Das ist ja wohl ein Witz, wie datt hier aussieht.

LORE.
Ich muß arbeiten. Was ist, was suchst du?

OMA:
Datt Rätselheft von vorige Woche.

LORE:
Ich hab kein Rätselheft, ich hab noch nie ein Rätselheft gehabt, mir ist das Leben grade rätselhaft genug.

BETTY:
Und was ich überhaupt nicht haben kann, das ist, wenn ihr mir dauernd reinredet beim Telefonieren.

OMA:
Wer redet dir denn rein? Ich hab doch nur gesagt, mich stört es nicht.

LORE *(schreit)*:
Aber mich stört das Rumgewühle hier! Mutter! Hier ist kein Rätselheft!

OMA *(unbeirrt)*:
Ach ja sicher, diese Beilage, da, du weißt schon, «Umme Ecke gedacht». Watt bisse denn so nervös, hasse schon widder zuviel schwaazen Kaffee getrunken?

LORE *schlägt sich an den Kopf.*

LORE:
Ach das! Zeitmagazin! Das nennst du Rätselheft?

OMA:
Sonz steht donnix Gescheites drin, aber Umme Ecke gedacht ist immer doll, un da muß ich inne Auflösung watt nachkucken, oder weißt du, wer datt is, «ob Gasmann oder Hauptmann, Mann isser immer»?

LORE:
Nein, aber ich würd ihn gern mal kennenlernen.

BETTY:
Mamma quatscht mir auch dauernd dazwischen. Das sollte ich mal machen.

LORE:
Mein Gott, hast du dich immer noch nicht beruhigt, Betty. Such mal der Oma dies blöde Heft.

OMA:
Kann ich schon selber suchen, aber suchen nützt ja nix, wenn man nix findet.

Sie sucht während des Dialogs im ganzen Zimmer, unterm Tisch, unter den Kissen, im Schrank.

LORE:
Jetzt weiß ich's, das ist bei mir im Schlafzimmer, da muß das irgendwo rumfliegen.

OMA:
Da gehörtet hin.

Sie segelt raus.

LORE *(zu Betty)*:
Was war das denn da am Telefon? Was darfst du nicht? Interessiert mich ja doch mal.

BETTY:
Und dauernd hörst du zu, wenn ich telefoniere.

LORE:
Du hörst bei mir auch zu. Hier hört doch jeder alles, meinst du, ich wüßte nicht, wie ihr die Ohren an die Heizungsklappen klemmt, die Oma und du, wenn Gottfried da ist?

BETTY *verdreht die Augen gen Himmel.*

BETTY:
Gottfried! Da würd ich mich schon sowieso total sofort aufhängen, bei dem Namen. Wenn ich Gottfried heißen müßte!

LORE:
Wär ja wohl für' n Mädchen auch ein bißchen komisch.

BETTY:
Gottfrieda.

LORE:
Jedenfalls schreibt er göttlich, da ist es egal, wie er heißt.

BETTY:
Ein Dichter, der Gottfried heißt – den liest doch kein Mensch.

LORE:
Gottfried Keller lesen sie auch noch...

BETTY:
Kenn ich nicht.

LORE:
Und der ist sogar schon lange tot, stell dir vor.

Lores Zimmer **Innen/Tag**

Grandiose Wildnis. Oma *sehen wir schon wieder per Hinterteil, sie angelt unter dem Bett eine Zeitung hervor und ächzt.*

LORE:
Was erlaub ich also nicht, nun sag schon?

BETTY:
Die wollen hier 'ne Party feiern.

LORE:
Na, ist doch wunderbar! Kommt endlich mal Stimmung in die Bude!

BETTY:
Bist du verrückt? Weißt du, wie das aussieht nach so einer Party? Wer macht die Sauerei dann wieder weg?

LORE *ist fassungslos.*

LORE:
Sag mal, hast du sie noch alle? In deinem Alter, da habe ich...

OMA *kommt rein, das Zeitmagazin in der Hand.*

OMA:
Dem Herrn sei's getrommelt und gepfiffen, datt du nich mehr in Betty sein Alter bist. Da hasse dich schon mitten klein Wolfgünther von GlasunFarbenOttoTiefenbrunner *(schnell in einem Satz sagen)* anne Ecke rumgeknutscht.

BETTY:
Ich feier hier keine Party.

LORE:
Und da behauptest du, ICH würde das nicht erlauben? Wie steh ich denn da, wie die spießigste blödeste Mutter der Welt.

OMA *liest im Zeitmagazin, findet die Lösung.*

OMA:
Rühmann.

LORE:
Was, Rühmann?

OMA:
Ob Gasmann oder Hauptmann, Mann isser immer. Heinz Rühmann.

BETTY:
So ein Quatsch, ey.

OMA:
Gar kein Quatsch, is eben umme Ecke gedacht.

LORE *(droht Betty)*:
Also, du feierst hier die Party, das sag ich dir! Das wär ja doch gelacht.

BETTY:
Ich denk nicht dran! Mit fünfzehn Mann brettern die hier rein, mit Pommes und Cola und Ketchup, sauen alles voll, machen alles klebrig, zerkratzen meine Platten...

OMA:
Wofür ham wer denn ein eigen Häusken, wenn nie ma richtig watt drin los is.

BETTY:
Mir ist hier gerade genug los, ey. Heut morgen, ich hab mich verschlafen, muß in die Schule, rase ins Bad, liegt da so' n Kerl in der Wanne, ey. Schließt nicht mal ab.

LORE *(zu Oma, erklärend)*:
Gottfried.

OMA:
Gottfried? Is datt der, der immer so dünne Bücher schreibt?

LORE:
Das war Ulrich.

OMA *(mißbilligend)*:
Da hört man auch nix mehr von.

Sie blättert.

Watt heißt nomma Schnee auf englisch?

LORE:
Snow.

OMA:
Wie?

LORE *(spricht es deutsch aus)*:
Snoff.

OMA:
Watt gezz, schno oder snoff?

LORE:
Man schreibt snoff, aber man sagt sno.

OMA:
Och, von dir kriegt man doch nix wie dumme Antworten.

Sie geht mit dem Heft, knallt die Tür. LORE *rollt die Augen, tippt wieder.* BETTY *räumt auf. Sie schiebt Blätter zusammen, die am Boden liegen.*

LORE:
Laß. Brauch ich alles noch.

BETTY:
Ich räum's ja bloß auf, ey.

LORE *(schreit)*:
Ich will aber keine Tochter, die dauernd aufräumt!

Omas Wohnung Innen/Tag

Oma *hängt mit dem Ohr an der Heizungsklappe und hört entfernt* Lores *Stimme: Wortfetzen wie*

Lore:
... immer alles aufräumen ... ja, krank ... von mir jedenfalls nicht ...

Betty:
... alles rumschmeißen ... kann ich nicht haben ...

Oma *setzt sich an den Tisch, nimmt das Heft, setzt die Brille auf, spricht.*

Oma:
Klärchen, hörsse die beiden Bekloppten da oben? Die issen aunnich, wattse wollen. Gezz weiß ich schon wieder nich, watt Schnee auf englisch heißt, verdorri. Aber noch mal geh ich da nich rauf. Irgendzwatt mit schnuff.

Jemand klopft an Omas *Fenster, beugt sich ganz tief runter und schaut rein: Herr* Kruska. *Er grinst am Fenster, fuchtelt, Oma soll aufmachen.*

Ach herrje, der schon wieder. Klärchen, brauchsse keine Angst ham. Bleib unters Sofa, mucks dich nich, der geht auch wieder. Datt ist bloß der Kruska.

Sie schlurft zur Kellertür, öffnet. Draußen steht Herr Kruska, *feingemacht, mit einem großen Frühstückskorb voller Flaschen, Würste, Leckereien, mit Schleife verziert, mit Champagnerflasche – er breitet die Arme aus, übertrieben, überschwenglich.*

Kruska:
Meine liebe Frau Rittberger! Was bringe ich denn da!

Oma:
Herr Kruska. Kommse rein un machense nich so 'n Theater.

Er hält den Frühstückskorb hin.

KRUSKA:
Is das nichts? Dauerwurst, luftgetrocknet, sonnendurchglühte Ananas, Krimsekt und Wachtelbrüstchen in Aspik...

OMA:
Hamse de Preise noch drangelassen?

KRUSKA:
Aber wie schätzen Sie mich denn ein, liebe Frau Rittberger!

OMA *zieht ihn rein, macht die Hintertür zu.*

OMA:
Ach, ich kenn Sie, Kruska, Sie wollen doch wieder nur datt eine.

Wohnzimmer Lore **Innen/Tag**

LORE:
Alle deine Freunde wohnen in irgendwelchen Mietshäusern, und wir haben ein Haus und du könntest Parties feiern und Krach machen, und du willst nicht!

BETTY:
Dies Haus ist am Arsch der Welt! Ich müßte alles herschleppen, was meinst du, was die wegsaufen.

LORE:
Na und? Gottfried hat ein Auto.

BETTY:
Hör auf mit deinem Gottfried, ich will keine Party.

Das Telefon klingelt, BETTY *reißt den Hörer hoch.*

Rittberger. Roberto. Nein! Ich hab's schon hundertmal gesagt, eben noch der Babsi, ich mach das nicht und ich darf das auch gar nicht.

LORE *nimmt ihr den Hörer aus der Hand.*

LORE *(auf italienisch)*:
Hier spricht die Mamma von Betty. Natürlich darf sie eine Party feiern, natürlich könnt ihr alle kommen... *(auf deutsch)* ach so, du kannst ja gar kein Italienisch, ich wollte sagen, du kannst natürlich mit deinen Freunden hier feiern...

BETTY *(schreit)*:
Nein! Kann er nicht!

BETTY *und* LORE *sehen sich an,* LORE *sagt ins Telefon:*

LORE:
Sie ruft dich zurück, ciao.

Legt auf.

BETTY:
Das ist MEIN Freund, verstehst du. Da bestimme ich, was gemacht wird!

OMA *komplimentiert* KRUSKA *zur Tür. Er wehrt sich, redet auf sie ein, will bleiben.*

OMA:
Ich muß mir das alles überlegen.

KRUSKA:
Aber da gibt es doch gar nichts zu überlegen, Frau Rittberger! So ein picobello Angebot!

OMA *(wenig überzeugend)*:
Und nehmense Ihr Körbchen da wieder mit. Sie sind nicht Rotkäppchen un ich bin nich Ihre Omma.

KRUSKA *wehrt ab.*

KRUSKA:
Aber nein! Das ist doch ganz unabhängig von unser kleines Geschäft!

OMA:
Unserem kleinen Geschäft. Gezz sindse schon so lange hier un machen immer noch so Fehler. Datt kannich doch ganich annehmen.

Nimmt es aber und stellt es weg.

KRUSKA:
Unten drin sind Katzenzungen für das Fräulein Betty.

OMA:
Erstens essen die Kinder heutzutage keine Katzenzungen, sondern Chewing-gum ohne Zucker, zweitens lassense die Betty nich hören, datt Sie Frollein fürse sagen, un drittens dürfen die garnix wissen von uns zwei.

KRUSKA *wittert eine Chance, scharwenzelt näher.*

KRUSKA:
Ja, was, wir zwei? Da haben wir ein süßes Geheimnis?

OMA:
So süß wieder nich.

Sie drängt ihn zur Tür. KRUSKA *singt albern:*

KRUSKA:
Jede Frau hat ein süßes Geheim-nis!

BETTY *und* LORE, *mitten im Streit, stoppen.* LORE *legt ein Ohr an die Heizungsklappe.*

LORE:
Bei Oma singt einer.

BETTY:
Das ist das Radio.

LORE:
Nix. So falsch singen die im Radio nicht. Da ist ein Kerl und singt.

BETTY *lauscht auch. Unten ist wieder Ruhe, man hört nur unverständliches Stimmengemurmel, aber eindeutig: ein Mann.*

Ein Mann! Bei Oma ist ein Mann.

BETTY:
Na und, hier in dem Haus sind doch dauernd Männer, die kein Mensch kennt.

LORE *sieht aus dem Fenster. Unten klappt eine Tür. Durch den Garten geht* KRUSKA, *er bleibt stehen und mißt mit einem Metermaß den Gartenzaun.*

LORE:
Das ist dieser bescheuerte Kruska. Was macht der in unserm Garten?

BETTY:
Was für' n Kruska?

LORE:
Feinkost Kruska, mein Gott, du kennst doch Feinkost Kruska, dieser teure Laden an der Ecke. Wo wir nie kaufen.

BETTY:
Oma schon.

LORE:
Kann ich mir gar nicht vorstellen, wo die immer so knauserig ist. Was macht dieses Arschloch bei Oma? Geh mal runter fragen.

BETTY *(empört)*:
Bist du noch voll im grünen Bereich, ey? Die kann doch wohl Besuch haben, ohne daß hier die Kontrolle abgeht.

LORE:
Aber man muß sich doch kümmern. Nachher macht die noch Dummheiten.

Sie geht aus dem Zimmer, kommt rasch noch mal zurück.

Und lad alle deine Freunde ein, ich will hier endlich mal 'ne Party sehen, das sag ich dir!

BETTY:
Eher bring ich mich um.

LORE *knallt die Tür, ruft im Flur:*

LORE:
O Herr, warum strafst du mich mit diesem Kind?

BETTY, *im Zimmer, schreit zurück:*

BETTY:
Warum haben alle eine Mutter, die mal was verbietet, bloß ich nicht?

Der Korb steht noch da, Kruska *ist weg.* Oma *schnüffelt in dem Korb herum, sieht ein kleines, interessantes Döschen (Wachtelbrüstchen), nimmt es heraus und stellt es in den Schrank. Dann kniet sie sich wieder vors Sofa und spricht darunter, wir sehen das bewährte Hinterteil.*

Oma:
Klärchen, hasse den Eintänzer gesehn? Un so gehtatt schon seit drei Wochen. Datt immer die Dösichsten datt meiste Geld ham! Watt kuckze denn so bange, Klärchen? Du brauchz nich bange kucken, deine Omma Rittberger sorcht für dich, nachher gibt et Wachtelbrüstchen, hatter Krösus gebracht.

Es klopft, und fast gleichzeitig kommt Lore *herein.*

Lore:
Mit wem redest du?

Oma *ächzt hoch, erschrocken.*

Oma:
Datt sollte ich ma machen, bei dir so einfach reinplatzen.

Lore:
Das machst du jeden Tag zehnmal.

Oma:
Weil ich kein eigenen Eingang hab. Ich muß ja oben durch. Ich kann ja nich wegen dir hier unten im Keller verschimmeln.

Sie setzt sich aufs Sofa, nimmt wieder Brille, Kugelschreiber, Rätsel vor.
Lore zeigt zum Sofa.

Lore:
Hast du da einen Kerl drunter?

OMA:
Drei.

Beleidigt sieht sie hoch.

Ich bin ja nich du. Un kontrollieren laß ich mich auch nich. Watt heißt nomma Schnee auf englisch?

LORE *bückt sich, um unters Sofa zu sehen, wir bücken uns mit und sehen einen stillen Kampf: immer da, wo* LORE *schauen will, stellt* OMA *blitzschnell ihre Füße hin in den großen Pantoffeln.* LORE *schaut wieder hoch.*

LORE:
Irgendwas läuft hier doch. Und der Korb hier, was ist mit dem?

Sie stöbert darin, nimmt ein Glas heraus mit Mirabellen, schraubt es auf, matscht mit den Fingern drin herum.

OMA:
Laß das! Leg das hin, aber fix!

LORE *futtert Mirabellen.*

LORE:
Und wer singt hier, und was macht der Kruska in unserm Garten?

OMA *steht auf, tut die Hände energisch an die Hüften.*

OMA:
Du willst mich ausfragen? Ausgerechnet du? Und wann krieg ich je mal 'ne gescheite Antwort? Wer is Gottfried? Warum wird hier nachts um drei Uhr gebadet un gekreischt mit ein wildfremden Herr? Wo warst du letztes Wochenende? Warum darf Betty sein Freund dann hier wohnen, wo datt Kind ers sechzehn ist? Watt is, wenn ich ma watt frag? Hä?

LORE *futtert ungerührt Mirabellen aus dem Glas.*

Tu datt Glas weg!

LORE:
Hast du vielleicht hundertsten Geburtstag und ich weiß nix? Ist das ein Geschenkkorb vom Bürgermeister?

Resolut nimmt OMA *die Mirabellen, schraubt sie zu, verstaut sie im Korb.*

OMA:
Ich könnte hundert werden un du würdest et nich wissen, ich könnte tot hier inne Wohnung liegen un inne Zeitung ständ «Rentnerin verschimmelt in Keller», du hättest nix gemerkt –

Plötzlich schluchzt sie und tupft sich die Augen mit der Schürze.

LORE:
Ach du liebe Güte! Was ist denn jetzt schon wieder? Was hab ich denn gesagt? Was hab ich gemacht?

OMA *(schluchzt)*:
Nix!

Sie wischt sich die Augen, zieht die Nase hoch, der kleine Anfall geht schon vorüber.

Watt heißt nomma Schnee auf englisch?

LORE:
Sag ich nicht, eh du mir nicht sagst, was los ist.

OMA *setzt sich wieder, ziert sich wie ein kleines Mädchen.* LORE *setzt sich zu ihr.*

OMA:
Der Kerl. Läßt mir keine Ruhe.

LORE *beugt sich entgeistert vor.*

LORE:
Schwobetzky? Der olle Schwobetzky?

OMA *winkt ab.*

OMA:
Ach watt. Der Kruska. Von dies feine Feinkostgeschäft, weisse.

LORE:
Der Kruska? Der ist hinter dir her?

OMA *nickt und schnieft.*

Ich werd nich mehr.

OMA *zeigt auf den Korb.*

OMA:
Un bringt dauernd so Geschenke un alles.

LORE *kann es nicht fassen.*

LORE:
Das gibt's doch nicht! Der ist doch mindestens – na, ich weiß nicht, aber zwanzig Jahre ist der doch jünger als du. Und der hat doch diese Frau mit den gefärbten Haaren und diesen komischen Sohn –

OMA *(trotzig)*:
Watt spielt datt für 'ne Rolle?

LORE:
Ich werd nicht mehr. Und da spionierst du hinter mir her, was ICH mach. Der Kruska! Ich hab ihn eben weggehen sehen.

OMA:
Aha. Wer spioniert gezz, du oder ich?

LORE:
Na, erlaube mal, ich hör hier jemanden singen, ich seh den Kruska in unserm Garten, ich...

OMA *(aufgebracht)*:
Ach, ich werd belauscht un abgehört un beobachtet in mein eigenes Häusken? Datt wird ja immer schöner.

LORE *(schreit)*:
Mutter, ich bitte dich! Du hast was laufen mit einem Lebensmittelschnösel, und da soll ich nicht –

Die Bücher kosten nur noch
ein Fünftel ihres früheren Preises . . .

... schrieb der Bischof von Aleria 1467 an Papst Paul II. Das war Gutenberg zu verdanken.

Heute, 500 Jahre später, kosten Taschenbücher nur etwa ein Fünftel bis ein Zehntel des Preises, der für gebundene Ausgaben zu zahlen ist. Das ist der Rotationsmaschine zu verdanken und zu einem Teil auch – der Werbung: Der Werbung für das Taschenbuch und der Werbung im Taschenbuch, wie zum Beispiel dieser Anzeige, die Ihre Aufmerksamkeit auf eine vorteilhafte Sparform lenken möchte.

OMA:
Ich kann machen, watt ich will! Ich darf bei dir ja auch nie watt wissen!

LORE *steht auf, geht.*

LORE:
Mach doch, was du willst.

Sie knallt die Tür. OMA *ruft wütend:*

OMA:
Mach ich auch!

Dann denkt sie einen Augenblick nach, steht auf, reißt die Tür auf und ruft LORE, *deren Beine wir auf der Treppe verschwinden sehen, noch nach:*

Watt heißt denn nu Schnee auf englisch?

LORE:
Sag ich nicht.

Und weg ist sie.
OMA *schlurft in ihre Wohnung zurück, atmet tief durch. Sie bückt sich, lugt unters Sofa.*

OMA:
Klärchen? Hasse datt alle gehört? Wattie frech ist! Du bis mein Zeuge. Wennse so weitermacht, kannse watt erleben. Dann mach ich datt nämlich, watter Kruska will. Pöh.

Küche von Lore **Innen/Tag**

Lore *kommt rein, schmeißt sich auf einen Stuhl.* Betty *futtert gerade ein frisch geschmiertes Nutella-Brot.* Lore *sieht sie mißmutig an.*

Lore:
Friß nicht soviel. Du wirst zu dick.

Betty *(mit vollem Mund)*:
Das mußt du gerade sagen.

Lore:
Mach mir auch eins.

Betty *grinst, schmiert ihr ein Brot.*

Oma hat was laufen mit dem Kruska.

Betty *verschluckt sich fast.*

Betty:
Oma? In dem Alter, ey? Ich werd nicht mehr.

Lore *(aufgebracht)*:
Was heißt denn, in dem Alter? Liebe gibt's in jedem Alter! Deiner Meinung nach darf man nur mit sechzehn, oder wie?

Betty *reicht ihr das Brot.*

Betty:
Jaja, ich sag ja nix.

Lore *futtert, redet mit vollem Mund.*

Lore:
Der bringt ihr Geschenke. Freßkörbe, das muß man sich mal vorstellen.

Betty:
Ist doch toll, deine Freier fressen hier alles kahl, und Oma kriegt's gebracht.

LORE:
Ich versteh's trotzdem nicht. Was will die mit dem?

BETTY:
Und was willst du mit Gottfried? Immer bloß das eine.

LORE *sieht* BETTY *entgeistert an.*

LORE:
Ja, glaubst du denn, Oma will DAS EINE??

Sie futtern ihre Brote und kichern.

Omas Wohnzimmer **Innen/Tag**

Oma sitzt am Tisch mit einem Lehrbuch und spricht vor sich hin.

OMA:
Oooooh Elizabeth...

Sie lispelt bei «z» und bei «th».

Man muß lispeln, Klärchen. Datt Frollein inne Volkshochschule sacht, der Engländer lispelt. Alle. So 'n armes Volk! Müssen lispeln! Da siehsse ma widder, wattet für Schicksale gibt. Oooooh Elizabeth, what are you...

Es klopft, und schon kommt BETTY *rein.*

BETTY:
Ciao, Oma, redest du mit dir selbst?

OMA:
Mit Klärchen. Wir lernen Englisch.

BETTY:
Wer ist Klärchen?

OMA *zeigt stumm unters Sofa.* BETTY *bückt sich.*

Ne Katze! Wo hast du die denn her?

OMA:
Gefunden. Ganz struppich. Un gezz wohntie hier un wir lernen Englisch. Oooooh Elizabeth...

BETTY:
Willst du in einer Band singen, oder was?

OMA:
Ich bin datt leid, euch dauernd zu fragen. Inne Kreuzworträtsel kommt immer Englisch vor, nu lern ich et selbst. Un kann man auch immer brauchen, is ja Weltsprache. Wenn man mal nach Australien auswandert oder sowatt. In Australien redense datt nämlich auch.

BETTY *setzt sich auf den Boden, sieht unters Sofa.*

BETTY:
Was willst du denn in Australien?

OMA:
Warum soll ich nich nach Australien? So schön is Deutschland widder nich. Vielleicht fang ich nomma en neues Leben an.

BETTY *(vorsichtig)*:
Mit deinem Freund?

OMA:
Tja, warum nich, dem gefälltatt hier aunnich.

OMA *schiebt* BETTY *das Buch hin.*

OMA:
Hör mich ma ab. Und da inne Schublade sind Katzenaugen, die sind für dich.

BETTY *geht an die Schublade, holt die Katzenaugen heraus und sieht das bunte Bild darauf an.*

BETTY:
Ist ja abartig, ey. Laß das nicht deine Katze sehen.

Sie setzt sich wieder, öffnet die Schachtel, futtert, sagt:

Los, fang an.

BETTY *schaut ins Buch,* OMA *holt tief Luft, dehnt die Wörter, um Zeit zum Nachdenken zu gewinnen.*

OMA:
Ooooooh Elizabeth...
Man muß datt lispeln, weisse...

BETTY *nickt.*

Oooooh Elizabeth,
what are you doing.

Sie spricht doing wie «o».

BETTY:
Du-ing.

OMA:
Nein, do-ing. Weiß ich genau. Da steht do-ing.

BETTY:
Ja, steht da, aber man sagt du-ing.

OMA:
Wieso dattenn?

BETTY:
Weiß ich nicht, ist aber so.

OMA:
Datt gibt doch gakein Sinn, do-ing schreiben und du-ing sagen.

BETTY *läßt entnervt das Buch sinken.*

BETTY:
Willst du nun Englisch lernen oder nicht!

OMA:
Ja sicher will ich. Ooooh Elizabeth – what are – you . . . du-ing?

BETTY:
Gut. Weiter.

OMA:
Komisch isset trotzdem. Na gut.
Oooooo Henry – äh – where – where are you – are you . . .

Lange Pause, dann, triumphierend:

Gu-ing!

BETTY:
Go-ing.

OMA:
Waaaas?

Betty:
Hier sagt man go-ing, mit o.

Oma *nimmt ihr das Buch und die Katzenaugen weg, ist sehr wütend.*

Oma:
Weisse watt, veräppeln kann ich mich alleine. Du mußt dich nich über ’ne alte Frau lustig machen, bah, watt fies.

Betty *(auch wütend)*:
Ich mach mich nicht lustig, ey, das ist so! Einmal o und einmal u, ich weiß doch auch nicht wieso!

Oma:
Ihr denkt immer, ihr könnt mich für blöd verkaufen, könnter aber nich. Euch zeig ich aunnoch, watt ne Haake is.

Lore *kommt ins Zimmer.*

Lore:
Herrgott, ich such und such, und hier sitzt du rum – nabend, Mutter. Komm rauf, Betty, ich muß – was ist denn los, habt ihr Krach?

Oma *(heftig)*:
Alles brauch ich mir nich bieten lassen. Gezz is Schluß. Ich wander aus, ich verkauf datt Haus, Klärchen nehm ich mit, un dann könnt ihr ja sehen, wo ihr bleibt.

Betty *und* Lore *sehen sich fassungslos und ratlos an.* Lore *sinkt langsam auf einen Stuhl.*

Lore:
Hast du deine Herztropfen genommen?

Oma *(schreit)*:
Nein! Ja! Ich brauch keine Herztropfen.

Lore:
Betty, hol den Arzt.

Oma:
Ich brauch auch kein Aazt! 400000 Maak, bar auffe Hand, so, und dann könnter sehen, wen ihr ärgert.

BETTY:
Hast du im Lotto gewonnen?

Lange Pause. Dann sagt OMA, *halb trotzig, halb bange:*

OMA:
Der Kruska kauft unser Häusken. Für 400000 Maak.

Vor dem Haus — Außen/Tag

Kruska *mit einem Zollstock, er schreitet das Grundstück ab, mißt aus, pfeift vor sich hin.* Lore *sieht ihn vom Fenster aus.* Lore *erscheint bei* Kruska *im Garten.*

Lore:
Noch haben Sie es nicht. Also wird hier auch noch nicht gemessen, Herr Kruska.

Er fährt herum, grüßt überschwenglich. Hält das Zentimetermaß an Lore.

Kruska:
Frau Lore! Einsfünfundsechzig groß und schön wie der strahlende Morgen! Zum Gruße!

Lore:
Noch haben Sie es nicht.

Kruska:
Aber bald! Und da muß ich messen, wo ich die Garage hinbauen kann, hier zum Beispiel.

Lore:
Daß Sie sich nicht schämen, einer alten Frau ihr Häuschen wegzunehmen!

Kruska:
Schämen? Hören Sie mal, die Oma kriegt 400000 Mark für den Schuppen, das würde kein Mensch zahlen außer mir.

Lore:
Lassen Sie's doch! Sie müssen ja nicht!

Kruska:
Ich will aber. Es liegt so günstig.

Lore:
Die 400000 Mark haben Sie uns vorher in Ihrem Laden mit überhöhten Preisen abgeknöpft.

OMA *erscheint auf der Terrasse.*

OMA:
Na, Herr Kruska, schon widder am Vermessen?

KRUSKA *sieht hoch zu ihr, winkt mit dem Zollstock, singt:*

KRUSKA:
Wir verkaufen unser Oma sein klein Häusken,
sein klein Häusken, sein Häusken!
Wir verkaufen unser Oma sein klein Häusken,
und die erste und die zweite Hypothek!

Während er singt, sieht LORE *ihn und* OMA *verachtungsvoll und feindlich an und geht ab.* OMA *droht* KRUSKA *mit dem Finger.*

OMA:
Nix Hypothek, is alle bezahlt, datt muß man meinen Fritz lassen, en alter Langweiler warer, aber immer alles bezahlt!

Bettys Zimmer **Innen/Tag**

BETTY *sitzt und schreibt kleine Einladungskärtchen, beklebt sie mit Bildchen.*
LORE *kommt ins Zimmer, schmeißt sich einfach aufs Bett, vergräbt den Kopf im Kissen.* BETTY *sieht zu ihr hin.*

BETTY:
Ey, zieh die Schuhe gefälligst aus auf meinem Bett.

Ohne hinzufassen schubst sich LORE *die Schuhe von den Füßen und schleudert sie mit dem Bein irgendwo ins Zimmer.* BETTY *steht auf, sammelt sie ein und stellt sie ordentlich nebeneinander vors Bett.*

Was ist denn los?

LORE:
Das fragst du noch! Meine eigene Mutter verkauft unterm Hintern weg unser Haus. Setzt ihr einziges Kind und ihr einziges Enkelkind auf die Straße! Sollen wir ins Asyl, oder was?

BETTY:
Dann ziehen wir wenigstens endlich mal in die Stadt. Mir hängt der Garten und die ganze doofe Natur sowieso zum Hals raus.

LORE *fährt hoch.*

LORE:
Bist du verrückt? Und wie zahlen wir in der Stadt eine Wohnung?

BETTY:
Ich kann zu Roberto ziehen, und du kannst dir ja 'ne Bude mieten.

LORE *stöhnt auf, dreht sich um, zieht sich die Decke über den Kopf. Unter der Decke murmelt sie pathetisch:*

LORE:
«Die Krähen schreien und ziehen schwirren Flugs zur Stadt.

Bald wird es schnei'n – weh dem, der keine Heimat hat!»

Betty:
Du mußt immer alles übertreiben, wo schneit das denn, das schneit doch nicht. Ich feier jedenfalls meine Party und lad sie alle ein. Wenn wir sowieso ausziehen, sollen sie ruhig einmal alles vollsauen.

Vor dem Haus — Außen/Tag

Da steht Oma *mit* Kruska. *Er säuselt nah auf sie ein.* Oma *ist skeptisch.*

Kruska:
Was Sie alles machen können mit dem vielen Geld!

Oma:
Was soll ich alte Frau denn machen?

Kruska:
Kaffeefahrten! Sie müssen nie mehr sparen, Sie können Kaffeefahrten machen und all die Rheumadecken kaufen, die da angeboten werden.

Oma:
Ich hab kein Rheuma.

Kruska:
Das kommt schon noch, Kopf hoch. Sie können nach Paris fahren...

Oma:
Was soll ich denn in Paris? Ich kann ja nicht mal Französisch.

Kruska *zeigt mit den Händen einen immer größer werdenden Stapel Geld an.*

Kruska:
400000 Mark, Frau Rittberger! Sehen Sie mal, das ist soooooo viel, ein Berg Geld, nie mehr Sorgen, jeden Tag Champagner, jeden Tag...

Oma:
Champagner daaf ich ganich bei mein Blutdruck.

Kruska:
Jedenfalls komm ich Samstagabend, und dann machen wir das schriftlich. Und dann gehören Sie zu den ganz ganz Großen dieser Welt, Frau Rittberger. Thyssen, Krupp, Kashoggi, die Königin von England und Sie – alles eine große reiche Familie!

Er tänzelt schelmisch davon. OMA *steht nachdenklich und seufzend da. Auf der Terrasse erscheint* LORE *und schnieft.*

LORE:
Daß du uns das antun kannst.

OMA:
Watt tu ich denn, noch tu ich nix.

LORE:
Eine ganze Familie auseinanderreißen!

OMA:
Ach, auf einmal? Gezz wärn wer 'ne Familie, un sonz is hier bloß Krach, un wenn ich watt aufheb, schmeißt du et weg, und wenn ich Englisch lern, sacht ihr, datt is alle falsch, und wenn ich Torten back, willse keiner essen! Gezz sehter wenichstens ma, watter an mir habt.

LORE *(schnieft)*:
Ich wollte dir nur noch sagen, was Schnee auf englisch heißt.

OMA:
Wattenn?

LORE:
Snoff. Mit w.

OMA *(versöhnt)*:
Datt ganze Geld erbs du doch sowieso ma. Kann ich doch ganich mehr alle ausgeben.

LORE:
Ich denk, du willst auswandern.

OMA:
Ach watt.

LORE:
Was willst du dann? Ins Altersheim?

OMA:
Watt soll ich denn im Altersheim?

LORE:
Altwerden.

OMA:
Ich geh in kein Altersheim.

LORE:
Denkst du, der Kruska gibt dir soviel Kohle für das Haus und läßt dich dann hier wohnen?

OMA *beugt sich runter, winkt* LORE.

OMA:
Ich komm ma rein.

OMA *verschwindet im Haus. Totale des Hauses. Blende in die Nacht. Lichter.*
Wir sehen, wie im Haus die Lichter ausgehen, die Läden vorgemacht, die Gardinen zugezogen werden.

Wohnzimmer oder Küche Lore Innen/Nacht

Im Finstern, bei Kerzenlicht, sitzen Oma, Betty *und* Lore. *Sie plündern einen Frühstückskorb.*

Oma:
Der is nemmich schon so lange schaaf auf unser Häusken. Un dauernd bringter deswegen so Frühstückskörbe un Blum un alles, un ich hab gedacht, lassen ma machen, nä, bei dem seine Preise, die wir immer zahlen müssen, kanner ruhig auch ma watt zulegen. Un alles nur, weil er unser Häusken will. Da kann der hundertmal wie der Rudi Carrell aussehen.

Lore:
Wer soll das sein?

Betty:
Da kauf ich nie mehr ein bei dem.

Oma:
Un wie er sacht 400000 Maak, du liebe Zeit, is ja viel Geld, nä, da kommt ma schomma im Nachdenken. Un ich denk ja auch an dich, Kind.

Sie tätschelt Lores *Hand.*

Lore:
Was soll ich denn mit Geld, ich kann ja nicht mal die Scheine auseinanderhalten.

Oma:
Nie im Leben trenn ich mich doch von unser Häusken! Ich habe den bloß ma so 'n bißken hingehalten. Weil ihr auch immer so fies mit mir seid.

Betty:
Wo sind wir denn fies...

Es klingelt.

OMA:
Pssst! Datt isser.

Es ist ganz still. Man hört ein Miauen.

Klärchen! Ruhig!

Es klingelt wieder, Stimme von KRUSKA *draußen.*

KRUSKA:
Juchuh, Frau Rittberger, ich bin's! Der große böse Wolf bringt Kuchen und Wein! Haha!

OMA:
Trottel. Er kommt mitte Verträge. Wir machen nich auf, un wenner bis zum Jüngsten Tach klingelt.

LORE *macht eine Flasche Wein auf.*

LORE *(flüstert)*:
Wein haben wir selber.

BETTY *schlägt sich vor die Stirn.*

BETTY:
Ach du große Scheiße, jetzt hab ich achtzehn Leute zu dieser Party eingeladen, weil ich dachte, wir ziehen aus, und dann können sie ruhig alles versauen... muß ich unbedingt sofort wieder ausladen!

Sie läuft aus dem Zimmer zum Telefon, wählt. OMA *und* LORE *prosten sich zu.*

OMA:
Daaf ich nomma watt fragen?

LORE:
Ja.

OMA:
Wirsse aunnich gleich widder fuchtich?

LORE *verdreht die Augen, sieht zur Decke, leiert herunter:*

LORE:
Warum heiratest du nicht wieder, warum trinkst du soviel schwarzen Kaffee, wer ist der Kerl, der gestern hier übernachtet hat, warum kaufst du dir nicht mal was Nettes anzuziehen...

OMA:
Ach watt.

Sie beugt sich vor.

Watt heißt nomma Schnee auf englisch?

Während der Abspann läuft, klingelt es Sturm, und KRUSKA *ruft immer wieder: «Sie sind da, ich weiß es!», bis* OMA *ruft:*

OMA:
Niemand ist da!

LORE *(schreit)*:
Niemand ist eine Insel!

ENDE und keine Fortsetzung.

tomate

Eine Auswahl

Manfred Hausin
Mit dem Wildbrett vorm Kopf
(5607)
Betteln und Hausin verboten!
Alle Sprüche, Aphorismen, Epigramme
(12169)

Elke Heidenreich
Darf's ein bißchen mehr sein?
Else Stratmann wiegt ab (5462)
«Geschnitten oder am Stück?»
Neues von Else Stratmann (5660)
Mit oder ohne Knochen?
Das Letzte von Else Stratmann (5829)

Michael Klaus
Unheimlich offen
Geschichten vom neuen Lebensgefühl
(5511)

A. Marquardt/H. Borlinghaus
Der Frauenarzt von Bischofsbrück
Roman
Band 1 (5449) **Band 2** (5562)
Band 3 (5619) **Band 4** (5672)
Band 5 (5870)

Wolfgang Neuss
Tunix ist besser als arbeitslos
Sprüche eines Überlebenden (5556)

Jo Pestum (Herausgeber)
Kalle seine Beine
Sport-Satiren (5465)

Peter Schmidt
Einmal Sonne und zurück
Reisesatiren (5563)
Von Särgen und nächtlichen Schreien
Makabre Satiren (5778)

Tomate rororo

C 2174/4 a

Richard Gordon

Aber Herr Doktor!
Roman
rororo 2037

Doktor ahoi!
Aber Herr Doktor! – Auf hoher See
Roman
rororo 2038

Hilfe! Der Doktor kommt
«Doctor at large»
Roman
rororo 2039

Käpt'n Ebbs
Seebär und Salonlöwe
Roman
rororo 2040

Dr. Gordon verliebt
Roman
rororo 2041

Dr. Gordon wird Vater
Roman
rororo 2042

Doktor im Glück
Roman
rororo 2043

Eine Braut für alle
Roman
rororo 2044

Doktor auf Draht
Roman
rororo 2045

ro
ro
ro

C 2295/1

Roald Dahl

Kuschelmuschel
Vier erotische Überraschungen.
Deutsch von Jürgen Abel, Werner Gronwald und Gisela Stege.
291 Seiten. Gebunden und rororo 4200

Küßchen, Küßchen!
11 ungewöhnliche Geschichten.
rororo 835

. . . und noch ein Küßchen!
Weitere ungewöhnliche Geschichten.
rororo 989

. . . steigen aus . . . maschine brennt . . .
10 Fliegergeschichten. rororo 868

Der krumme Hunde
Eine lange Geschichte. Mit 25 Zeichnungen von Catrinus N. Tas. rororo 959

Ich sehe was, was Du nicht siehst
Acht unglaubliche Geschichten. Deutsch von Sybil Gräfin Schönfeldt.
259 Seiten. Gebunden und rororo 5362

Onkel Oswald und der Sudan-Käfer
Eine haarsträubende Geschichte.
Deutsch von Sybil Gräfin Schönfeldt.
238 Seiten. Gebunden und rororo 5544

Boy
Schönes und Schreckliches aus meiner Kinderzeit. rororo 5693

rororo
C 197/28